やめるな外科医

泣くな研修医4

中山祐次郎

目次

プロローグ　5
Part 1　緊急入院　13
Part 2　桜並木　50
Part 3　雨音　113
Part 4　結紮《けっさつ》　179
Part 5　「おやすみ」　236
エピローグ　298

HYに

プロローグ

　三月に入ったというのに、めっきり冷える日が続いている。去年の春は三寒四温という言葉に合わせたように、週の半分は寒く、残りは暖かい陽気だった。異常気象でもないのだろうが、気持ちが上がらない。

　雨野《あめの》隆治《りゅうじ》はいつものように毎月のアルバイト先である、埼玉の喜《き》建《けん》病院に来ていた。月一回来るようになって三年近くになる。初めて来たときは、いきなりのお看取りやヤンキーっぽいのに猫好きの患者さんの救急外来受診に度肝を抜かれたものだ。月に二回来ていたこともあるが、いまでは外科の後輩の西桜寺《さいおうじ》凛子《りんこ》が分担してくれているので、この「寝当直《ねとうちょく》」は月一回になった。じめじめした院長室とその奥の狭い当直室にも慣れたし、語尾に必ず「先生」をつける背の低い事務長の笠井《かさい》も見知った顔となった。太った看護婦長は相変わらず太いままだが、隆治先生と呼んで親しくしてくれる。

当直中の居室である院長室の、換気のために少し開けた窓からは、冷たい空気が流れ込んでくる。夜も一一時を回ると、この埼玉の浦和近くの街は静まり返る。ほこりだらけの黄緑色のブラインドの隙間にそっと指を入れ、窓を閉じ、茶色い革張りのあちこちすれたソファに寝転んだ。寝間着《ねまき》代わりに支給されている緑色の手術着の胸ポケットから携帯電話を出す。と同時に、携帯はメッセージを受信して振動した。

[やっほー　葵《あおい》ちゃんです。元気してる?]

向日葵《むかい》からだ。彼女は胃癌患者で、去年の春前に隆治の勧める牛ノ町《うしのまち》病院に救急車で運ばれてきて入院した。その後親しくなり、ついには富士山にまで凜子と三人で登ったのだった。それ以来、こうしてちょくちょくメッセージが来ていた。

[お、元気だよ。そちらは?]

そう送ったが、そもそも葵は病人で、しかも肺転移と腹膜播種《ふくまくはしゅ》があるのだから尋ねるのもおかしい。とはいえもう送信してしまった。

葵と一緒に富士山に行ったのは去年の夏、八月のことだ。いま思えば、主治医ではないものの、よくもまあ癌患者と一緒に登山などしたものだ。途中で急変してしまったらどうするつもりだったのだろう。登りは苦しかった。ヘッドライトを忘れ、登山の大切なエネルギー源であるお菓子も持っていき忘れたのだった。

携帯がまた振動した。

［元気だよん。がんのマーカーは上がり続けてるんだけど。ねえお願いがあって］

さらっと病状について言われ、動揺する。腫瘍《しゆよう》マーカーが上がっている、つまり癌は広がり続けているのだろう。その上での「お願い」と言われると身構えてしまう。

富士登山のあと、反省会と称して三人で食事に行った。上野のイタリアンレストランで、登山のお礼として葵がご馳走してくれたのだった。それ以来、こうしてメッセージが来て、何度か「お願い」もあった。これまではどれも大したことではなかったのだが。

どう返そうか一瞬考える。

［うん、なに？］

葵は牛ノ町病院ではなく、近くの夏生《なつき》病院にかかっている。だから詳細な病状は知らない。しかし、胃癌の抗癌剤治療中であり、劇的に良くなることはまずないだろう。

となると、体の不調の相談か、それとも夏生病院の医者の愚痴か……。

そう考えながら返事を待つ。

すると、院内用のＰＨＳが鳴った。これが鳴ったのを聞いたのは、前々回の当直以来、いやもっと前かもしれない。ソファから起き上がって電話に出る。

「はい、当直の雨野です」

「先生、遅い時間に申し訳ありません」

あの太った婦長の声は、いつになく切羽詰まっている。

「ええ、どうしました」

「実はとんでもないことがありまして……」

続く婦長の言葉に隆治は驚いた。

「あの、事務長が気を失ってしまって」

「え？」

「あの、事務の仮眠室なんですが、ちょっと急に気を失ってしまったんです」

「事務の仮眠室？」

「はい……とにかく、一度来ていただけませんか？　「一階の受付の奥です」

詳細を言いたくないのか、早口でまくしたてる。

「ええ、伺います」

なんだろうか、こんな時間に。

茶色いサンダルを履くと、院長室を出た。暗い病棟を通り、非常灯だけが照らす階段を降りる。ぱたぱたというサンダルの音だけが聞こえる。

明かりのついた受付の扉を開けると、婦長が立っていた。相変わらず「太った」というよりは「巨大な」という形容が合う、樽のような体だ。既製のナース服なのか特注なのか、水色の服がはちきれそうである。赤ん坊のようなモチ肌だが、頬は上気している。

「先生、申し訳ありません」

深く頭を下げると、

「こちらです」

と誘導した。

それほど広くない受付の奥の扉を開けると、狭い部屋の隅に置かれたベッドに、小さい事務長が横になっている。かけられた薄い黄色の毛布からは手がだらんと出ていて、たしかに意識がなさそうだ。

「事務長さん！　事務長さん！」

隆治が肩を強く叩くと、目をかすかに開けた。

「起きて！　どうしたんです！　わかりますか！」

さらに強く肩を叩くと、急に目を開いた。

「えっ！　あっ！　先生！」

意識が突然戻ったようだ。

「私は……」

「目が覚めたのね、良かった」

後ろから婦長が言った。

「あんた、気を失ってたのよ」

「ああ、婦長」

二人の目が合ったとき、隆治はただならぬ雰囲気を感じた。

「ご気分、悪くないです？」

「え、ええ。申し訳ありません、先生」

事務長が上体を起こそうとし、さっと婦長が背中を支えた。

「すみません先生、もう大丈夫そうですので」

婦長が申し訳なさそうな顔を見せる。

「あ、じゃあ、救急外来のほうで一応バイタルとか測っといてください。心電図くらい、取ります？」

「はい、心電図、はいそうですよね！　取っておきます！　本当にありがとうございました！」

早口の婦長は、隆治に早く帰ってほしそうだ。せっかく呼ばれて来たというのに……。

隆治は納得がいかないまま、その場を離れ、階段を上がって院長室へ戻った。

茶色いソファに寝転がる。

——なんだったんだ、一体……。

夜一一時。狭い仮眠室。小柄な事務長と大きな婦長。失神、そして婦長の口ぶり……。

隆治はしばらく天井を見ていた。

この病院は、普段勤めている牛ノ町病院と違った独特の空気がある。なんとなく空気が澱《よど》んでいるような。なにかとんでもない秘密が隠されていて、バイトに来るだけの隆治には知らされず、他の職員はみな共有しているというような。たまにしか来ないし、ロクに働くこともなく寝ているだけだから、そんなふうに感じるのだろうか。

それにしても、婦長の様子はおかしかった。事務長も変だ。もしかして二人はデキていて、あの部屋でなにかしていたんではないだろうか。

——まさかね……。考えても仕方がない。

隆治はそれ以上考えるのをやめることにした。

——そういえば、さっき葵ちゃんとメッセージやりとりしてたんだ。

思い出し、ポケットから携帯を出した。メッセージを開くと、葵からの返信が来ていた。

[うんと、今度ボウリング行きたいんだ。一緒行かない？　凜子ちゃんも誘って]

——ボウリング……。

付き合っているはるかの手前、少し抵抗があるが、凜子もいるならまあいいか。

そんなことを考えているうち、隆治はソファで眠ってしまった。

Part 1　緊急入院

「うん、じゃあここから切ってみな。そう、膜を一枚だけ持って、お、いいじゃない」

静かな手術室に、佐藤《さとう》の声が響く。

三月半ばの木曜日、冷房のよく利いた手術室では、朝九時から隆治の執刀する「腹腔《ふくくう》鏡下回盲部切除術《きょうかかいもうぶせつじょじゅつ》」が行われていた。患者の体をはさんで執刀医の前に立つことから「前立ち」とも呼ばれる第一助手は四学年上の先輩外科医・佐藤玲《れい》、大きく開いた患者の足の間に立つ第二助手は凜子だ。腹腔鏡と呼ばれる太さ一〇ミリ、長さ三〇センチの細長いカメラを持つため、凜子の役割は「カメラ持ち」とも呼ばれる。

隆治は、腹に一センチ以下の小さい創《きず》を数カ所つけて行われる腹腔鏡手術に少しずつ慣れてきていた。研修医が終わり、外科医としての修業をスタートしたばかりの頃には軽度の虫垂炎《ちゅうすいえん》など小さい手術を執刀していたが、外科医として三年目が終わろうとしているいまは、大腸癌の手術も少しずつやるようになっていた。とはいえ痩せた患者で、過去に開腹手術の既往歴がなく、癌も早期であるという条件を満たしたときにのみ、佐藤の指導のもと執刀している。

今日の手術は大腸癌の手術の中でもっとも初心者向きの術式だった。重要な血管を二本切るだけで、損傷に注意しなければならない臓器は尿管やいくつかの血管、そして十二指腸だけだ。落とし穴が少ない手術とも言える。若手はまずこの術式から入るのだった。

「そう、そこもっと左手は強く引っ張って。背側《はいそく》じゃなくて手前にね」

「はい」

「モニターは二次元だけど、体の中は三次元なんだから」

「は」

「聞いてんの?」

「は、はい!」

手術中に、佐藤は動きを指示するだけではなく、その理由も教えてくれることが多い。

しかし、余裕のない隆治の耳にはあまり入らない。カメラ持ちの凜子も集中しているようで、佐藤の指導に反応することはあまりない。黙ってカメラをかすかに動かし調整している。

「じゃあそこ、回結腸動脈《ICA》出しちゃって」

「はい」

「ここはメリーランド！　そんなもんで血管を剝離《はくり》すんな！」

「はい！」

メリーランドとは、先端がかなり細い道具で、〇・五ミリ程度の微細な操作をするときに使う。隆治はよく、道具を適切に使っていないと怒られていた。なにせ手を動かすのに夢中で、道具を交換するところまで頭が回らないのだ。

「下手だから、いろんな道具があるんだろ。道具も使えないんじゃ執刀医失格」

「はい！」

　言っている内容ほど、口調はきつくない。

「ありがとうございましたー。あと皮膚、よろしく」

　佐藤はそう言うと手術台から離れ、手袋とガウンを脱いだ。

「あ、ありがとうございました！」

大きな声で隆治が言う。凜子も続ける。

「ありがとうございますぅ」

創を生理食塩水で洗う。室内の時計を見ると、一二時ちょっと前を指していた。手術時間は2：31と表示されている。

「先生、今日は順調でしたねぇ」

凜子が明るい声を出す。

「そうかな」

「そうですぅ。失礼かもですけど、先生、どんどんお上手になってますぅ」

凜子は、歯に衣着せぬ物言いをするタイプだ。隆治のほうが先輩だが、気を遣ってお世辞を言うようなことはない。

――カメラ持ちからそう見えるなら、ちょっとは良くなってるのかな……。

そんな気持ちがわずかに心に湧いてくる。しかしすぐに、モグラ叩きのようにこの感情を叩き潰す。駆け出しの外科医にとって、慢心ほど恐ろしく、またみっともないものはない。隆治はそう信じていた。

「いや、まだまだだよ」

器械出しナースから受け取った針糸のついた持針器で、皮膚を縫っていく。五ミリの創が三つ、一二ミリが一つ、そして臍《へそ》の創は五センチまで開けてある。一五センチ以上は必ず開ける開腹手術と比べると、驚くほど創が小さい。それはつまり患者の術後の痛みを軽くすることになる。もちろんその分、外科医にとっては難度が上がる。

皮膚を縫い終わると、隆治は大きな声を出した。

「ありがとうございました！」

＊

その日の午後はまた、隆治の執刀する手術が入っていた。今度は胆石《たんせき》発作を繰り返す患者の、胆嚢《たんのう》を取る手術だ。午前と同じく腹腔鏡手術で行う。術式は「腹腔鏡下胆嚢摘出術《かたんのうてきしゅつじゅつ》」という。

「雨野は腹腔鏡下胆嚢摘出術《ラパコレ》、何例目？」

再び前立ちを務める佐藤がめんどくさそうに尋ねる。

「そうですね、三〇はやったと思います」

「じゃあそろそろ西桜寺だな」

カメラ持ちの凜子が喜んだ。

「やったぁ！……です」

それから始まった手術は、順調に進んだ。手術中、佐藤がぼそりと「やっぱりこういう典型例は西桜寺だな」と言ったのが隆治には嬉しくもあり、もうこれ以上経験を積めないことが残念でもあった。

「じゃ、あとはいいね。皮膚、よろしく」

午前の手術と同じようなセリフで、佐藤は患者から離れ手袋とガウンを脱いだ。何百回、いや一〇〇〇回以上同じことをやっていると、発言がワンパターンになってくるのだろう。

手術室を出て更衣室に入る。手術用の青い紙製の帽子を脱ぐと、びっしょり汗を吸っていた。

——まだまだ余裕はないな……。

急いで白衣に着替えると、更衣室をあとにした。

＊

その日、隆治は当直だった。救急外来は夕方五時から混雑しており、隆治の座るブースの横には待ち患者のファイルが山のように高く積まれている。あいにく今日は研修医もいない日で、隆治一人で患者を診なければならなかった。

とはいっても、完全に一人で診察のすべてをするわけではない。ちょっとした問診は救急外来の看護師がしてくれていて、ファイルに手書きで情報が書かれている。

「あら雨野先生、今日はよろしくお願いします」

ブースに顔を出したのは、ワンピース型の白衣を着た看護師の吉川佳代《よしかわかよ》だった。もうベテランと言ってもいい、二〇歳をとうに過ぎた吉川は、研修医時代からの付き合いだ。いつもは外科病棟にいるのだが、本人の希望があり時々こうして救急外来の看護師もやっている。そういう向上心も含めて、隆治は吉川を信頼していた。

「今日は吉川さんなんですね、良かった」

「あら、どういう意味？　うかつなこと言うもんじゃないわよ」

すごい美人というわけではないが愛嬌があり、吉川は昔から若手の医者に人気があった。しかしまるで浮いた話を聞かない。隆治の同期も何人か食事に誘ったらしいが、ことごとく断られているという噂だった。そういう謎めいたところも、隆治はいいなと思う。

「すいません」

「さ、仕事仕事。今日は忙しいわよ。なんてったって雨野先生なんだから」

「それ、どういう意味ですか」

笑いながら吉川が離れていく。さっそくファイルの山の一番上を取り、診療を始めた。

一〇人を超え、二〇人を超え、それでもまだファイルは積まれていく。患者の訴えはさまざまだ。

腹痛、頭痛、肩が痛い、胸が痛い、肩が凝る、三日前から便秘、などというのは序の口だ。日中は混んでいるから救急外来に薬をもらいに来た、熱も症状もないが風邪っぽい、耳のピアスが取れない、子供が転んで膝をすりむいた……。まさになんでも屋の様相を呈していた。

ようやくファイルがなくなった頃、時計の針は一一時過ぎを指していた。

——一息つけるな。カレー、来てるかな？

救急外来の隣の看護師用休憩室に入ると、小さなテーブルの上には袋に入ったココイチのカレー弁当が届いていた。お金を事務の人に渡しておくと、払っておいてくれるのだ。

狭いこの休憩室では、昔からある小さなテレビがニュース番組を流している。隆治は弁当を袋から出して食べ始めた。少し冷たいが、温めるのは面倒くさい。小さなテーブルには、看護師向けのナース服のカタログが二冊、無造作に開かれて置かれている。トッピングの納豆をカレーに混ぜて食べながら、隆治はおかしなことに気づいた。まだ救急車が一台も来ていないのである。

――こんなことって珍しい……。

いつもなら、五時から一一時までの間に三、四台は来る。どうしたことだろうか。日によって多い少ないはあるが、これまでに一台も来なかったことはない。人間というものは、一定の割合で救急車を呼ぶような病気になり、救急車を呼ぶのだろう。この牛ノ町病院が引き受けている下町の三〇万人だか五〇万人だかのうち、数人は必ずこの六時間の間に救急車を呼ぶのだ。

もしかしたら、救急車は他の病院に行ったのかもしれない。訪れたことはないが、それほど遠くない距離に夏生病院がある。もっともあそこは、救急車を断ることで知られているのだが。

すっかりカレーを食べきってしまうと、隆治は飲み物を買い忘れたことに気づいた。

——自動販売機でコーヒーでも買うか……。

そう思ったとき、ＰＨＳが鳴った。

「はい、雨野です」

「先生、ホットラインです。患者は七九歳女性、夕方から嘔吐《おうと》と腹痛があり……」

「わかりました、受けてください。そっち行きますね」

隆治は勢いよく立ち上がると、休憩室のドアを開けた。

＊

「先生、ホントごめんね」

初療室《しょりようしつ》のモニターの前で、吉川が小声で呟《つぶや》いた。

「いや吉川さんが謝ることじゃないですから」

吉川がそう言うのにはわけがあった。なんと、同時に二台の救急車が来てしまったのだ。吉川は救急車を引き受けるかどうかを隆治に確認していた。救急隊からの連絡では早い方は五分で、遅い方は一五分かかるとのことだった。それが、どういうわけかどちらも一五分後の到着となり、隆治は二人同時に診ることになってしまった。

救急外来の初療室に一人、そして仕切りを挟んで別の初療スペースにもう一人が運ばれた。二人とも高齢の女性で、どちらも腹痛を訴えていた。

——ごっちゃになりそうだな……。

考えていると、吉川が尋ねてきた。

「で、どっちから診る?」

「ええと、もう一度教えてもらえますか」

「うーんと、七九歳の、普通そうな人が夕方から嘔吐と腹痛。七八歳のたくさん指に宝石をはめてお化粧している人は一時間前、一〇時くらいから腹痛」

言いながら吉川は笑いそうになっている。

「笑い事じゃないですよ、吉川さん」

「ごめんごめん、だってこんなことってある?　そっくりな症状の、ほとんど同い年の患者さんが同時に運ばれてくるなんて」

「ま、そうですけど」

「じゃあ、七九歳の普通そうな人から診てもらえる?　ソッチのほうがお腹《なか》痛くなってから時間が長いから。ええと、上品な上田《うえだ》さんって覚えて」

人差し指を上に向けて言った。

そういうものか、とも思ったが、ここは長年の看護師の経験がものを言うのかもしれない。

「わかりました」

「その後に七八歳のおばあちゃんね、下澤《しもざわ》さん。こちらはちょっと申し訳ないけど下品な下澤さん」

今度は指を下に向けた。

「それはちょっと……」

「いいじゃない、覚えやすいでしょ！　医療安全の基本よ、患者の取り違え防止は」

なるほど吉川の言うことにも一理はある。

まずは吉川に上品と評された上田を診る。

この深夜にしては、たしかに整っている。ベッドに横たわる上田は、クリーム色のスラックスに白いシャツ、その上には薄いピンクのカーディガンを羽織っている。それほど長くない髪も、寝癖などついていないそうだ。よく見ると口紅も少し塗っているようだ。

「こんばんは、上田さん。雨野と申します。今日は夕方からお腹が痛いのですか？」

問いかけるとすっと上半身を起こし、

「先生、こんな時間に救急車で申し訳ありません。ご迷惑をおかけいたします」

と頭を下げたので隆治は驚いた。

「あ、いえいえ」

「それで腹痛のほうでございますが、夕方からチクチクとこのあたりが痛みだし」

そう言って右下腹部のあたりを指差した。

「少しずつ悪くなってきますので、お夕食もよしておきました。それでも痛《いと》うございまして、一人暮らしなものですから、救急車を呼ばせていただきました」

――ずいぶん丁寧な人だな。

「わかりました、それではお腹を触りますね」

横にならせて一通り腹を触ると、痛みはそれほどはっきりしない。が、右下腹部を押したときは顔をしかめた。

「では、いくつか検査をさせていただきますね」

「はい、どうぞよろしゅう」

――それほど重症感はないな。

そう思いながら初療室を出て、すぐ隣の初療スペースのベッドに横たわる次の患者を見た。

吉川が「下品」と言うのももっともだ、と思ってしまうほど、その太った女性は派手な容貌だった。紫色に染めた髪、かなり厚い化粧に少し色の入った眼鏡と眼鏡についたキラキラ光るチェーン、黄色とオレンジの大胆な色合いのシャツを着ている。太いソーセージのような指には、片手に三つずつ大きな石のついた指輪がはまっている。さらに、近づかなくてもわかるほど、香水の強い匂いが鼻をつく。

――こりゃ、なかなかだな。

「こんにちは、下澤さん。雨野と申します。今日はお腹が痛みますか」

「なによ、あなた！」

横になったままの下澤に、いきなり大声で言われたので隆治は面食らった。

「ええと、今日の当直の雨野です」

「早く入院させてよ、痛いんだから！」

隆治の話はどうやらまったく耳に入っていないようだ。

点滴を準備していた吉川が聞いていたようで、飛んできた。

「下澤さん、先生ですよ、せんせい」

「あら、あなた先生？　ずいぶん若い先生ねぇ」

「はい、すみません。お腹、どうですか？」

「先生、それが、もともと私便秘なんです。もう五〇年も便秘。いやんなっちゃう。牛乳がね、好きなんです。あとはタクシーは嫌い。だけど……」

——言っていることがよくわからないな……。

隆治は話をさえぎった。

「すみません、お腹はどうです？　いま痛みます？」

「え？　お腹？　痛いわよ」

「ちょっと触りますよ」

服の上からお腹を触っていく。

「ここは？　痛みます？」

「いたた！　痛い！」

ぽっこりと小山のように盛り上がったお腹は、全体的にどうも硬さがある。

——まさか……。

「いつから痛いんです？」

それには答えず、顔をしかめている。少し認知症があるのだろうか。

「ありがとうございます。ちょっと検査しましょう」

「検査なんかしないわよ！」

隆治は反応せず、振り返って吉川に伝えた。

「吉川さん、お二人とも採血とレントゲン。点滴《ルート》もお願いします」

「わかったわ、下澤さん急ぎでいいわね？」

「はい。さすが」

「ふふ、じゃあ先生はあっちのファイルの山、ちょっと減らしといてね」

見るといつの間にかウォークイン、つまり救急車でなく自分で直接来院した患者のファイルが積まれている。

「了解です」


その後、上田と下澤の二人は、検査の結果ともに腸閉塞《ちょうへいそく》の診断で入院となった。

＊

翌日の夕方六時、手術と回診を終えた隆治は医局に戻っていた。久しぶりに早く仕事が終わっている。

——こんな日もたまにはなくちゃね。当直明けだし。

この日、付き合っているはるかと食事の予定があったことも、隆治の気分を上げる。

昨日の夜は、カレーを食べた後から救急車が立て続けに四台も来て、大忙しだった。上田と下澤の二人は入院し、その入院時指示を大量に出す必要があった。そして最後に来た救急車は重症の高血糖で、頻繁に血糖値をチェックしながら下げていかなければならなかった。その都度報告の電話をもらい、インスリンの指示を出していたため、連続して寝たのは三〇分ほどだったのだ。当然シャワーも浴びていない。

当直明けということで、手術では助手を割り当てられていた。佐藤の執刀する大腸癌の手術と、鼠径《そけい》ヘルニアの手術だけ、合計約五時間だったので体力的にはそれほどきつくない。

医局に備え付けのシャワー室で急いでシャワーを浴びる。ここのタオルはいつも少しカビ臭い。頭はまだ濡れていたが、病院を飛び出した。

上野のイタリアンレストラン「ハミルトン」は、平日ということもありそれほど混雑していない。大きな扉を開けると、すでにはるかは席についていた。

「お久しぶりね」

シックな黒いスカートに、白いニットのセーターを着たはるかの前には、ビールグラスがあった。先に始めていたようだ。隆治は、丸いテーブルのはるかの向かいに座った。

「ごめん、遅くなっちゃって」

「あれ、アメちゃんお疲れじゃない？」

はるかはいつもながら鋭い。

「ん、ちょっと当直明けなんだよ」

「あら、それは大変。お酒、先にいただいちゃってるよ」

——珍しいな……。

はるかが先に飲んでいるなど、初めてのことだ。いつもは必ず待っていてくれる。

「じゃあ、俺も飲もうかな」

水を持ってきたオールバックのウェイターに、生ビールを頼んだ。

「ねえアメちゃん、なんか言うことない？」

「ん？」

そう言われても、なにも思いつかない。が、はるかの表情からは、なにもないわけではなさそうだ。隆治は頭をフル回転させた。

「そうだなぁ」

時間稼ぎをしながら考えるが、寝不足の頭があまり回らない。

――なんだろう。謝ること？　それとも髪、切ったかな？

みるみるはるかの目がつり上がっていく。

――やばい、でもなんだろう……。

「アメちゃん、今日って、いつぶりに会うか覚えてるの？」

「えっ。ええと、たしか一カ月ちょっとぶり、くらい？」

「アメちゃん。もう二カ月です！　彼女を二カ月もほっとくなんて」

もうそんなになるのだろうか。そういえば前回会ったのは一月だったような気がする。

「ごめん！」

両手を合わせて大袈裟に謝る。

「別にいいけど……じゃあ今日はアメちゃんのおごりね。料理、ミニコースで頼んじゃった」

「うん、おごらせていただきます」

言葉ほどは、はるかは怒っていないようだった。

先程のウェイターがビールを持ってやってくる。

「お待たせいたしました」

冷えたグラスの外側に、結露した空気中からの水分がついている。持つだけでひんやりと気持ちいい。

「じゃ、お待たせ！　乾杯」

「かんぱーい！」

はるかがグラスを合わせた。一気に三口、ビールを飲む。あまり眠っていない体に染み込んでいく。

「はー」

「声出すの、おじさん臭いよ」

そう言って笑うはるかは、機嫌が戻ったようだった。

「それで、もう思い出した？」

「えっ？」

二カ月会っていないこと以外にも、なにかあったのだろうか。まずい。

うろたえる隆治を見て、はるかはテーブルの端に目をやった。

「じゃ、もういいんだ。ごめんね」

——まずい、これはけっこうまずい……。

そうは思うものの、なにも思い出せない。先に謝ってしまうべきだろうか。

「ホントに思い出せないんだ」

はるかの声が小さい。

そのとき、先程のウェイターが料理をもってやってきた。

「前菜の盛り合わせでございます」

大きな白い皿をまずはるかの前に、次いで隆治の前に置く。その間も隆治は必死に考えていた。

ウェイターがいなくなったのを見計らって、はるかが口を開いた。

「アメちゃん、私がいまいくつか知ってる？」

その言葉を聞いた瞬間、思い出した。そう、はるかの誕生日は二月だったのだ。

「ごめんっ！　誕生日！」

「やっと思い出したか」

隆治はテーブルに額をつけた。

「ホントごめんっ！」

「もう、いいよ。その代わり埋め合わせ、してね」

「うん」

前菜のプレートのサラダと生ハムを一気に口に入れたら苦しくなったので、ビールで流し込んだ。

なんとなく気まずい沈黙が流れる。こんなときに限って周りに客は誰もおらず、店内は静かだった。

「あと、スパゲッティとピザ頼んじゃった」

「うん、ありがと」

はるかもうまく着地できないようだった。再び黙ってしまった。

——なにか、打破する一言……。

はるかのフォークが皿に当たり、カチャカチャと音を立てている。

「あの」

「あのさ」

同時になってしまった。

「ごめん、どうぞ」

「うん、アメちゃんは最近忙しいの？」

「うん、そうだね。まあまあかな。でも後輩の凜子先生もいるし、けっこう仕事はうまく回ってる」

「そうなんだね」

はるかが笑顔になったので、隆治は少し安心した。

「でも、こないだバイトで行った当直の病院で変なことがあって」

「あ、いつも行ってる埼玉の？」

「うん」

それから、小さい事務長と大きい婦長の話を説明した。

「それ、怪しい」

「ね。おかしいよね」

「あーでもいいなあー。私も今日、アメちゃん家《ち》泊まっていい？」

「えっ！」

急にはるかが言ったので隆治は戸惑ったが、続けた。

「もちろん」

しかしはるかの家は厳しく、外泊は許されていないはずだった。以前、鹿児島旅行をしたときも女友達と行くと嘘をついたのだ。

「やった！　じゃあお母さんにはうまいこと言っとくから」

「うん、でも無理しないでね」

その一言が気にさわったらしい。

「どういうこと。アメちゃんは嬉しくないの、私が来て」

「いや、そんなことはないよ」

どうも突っかかる。機嫌が悪いのだろうか。

「じゃ、今日は一緒に寝ようね！」

はるかが大きな声で言ったので、隆治は顔を赤くした。しかしここで良い返事をしないとまた怒りそうだ。

「うん」

するとウェイターがやってきた。

「マルゲリータと、明太子のスパゲッティでございます」

パスタとピザの皿を置く。温かい湯気にのった、チーズの香りがテーブルを包む。

「うわー、美味しそう！　ここで明太子のスパゲッティ食べるの久しぶりじゃない？」

「そうかもね」

はるかがスパゲッティを取り分け始めた。機嫌は直っているようだ。

——そうか、お腹がすいていたんだ。

妙に納得した。

そのときだった。隆治のズボンのポケットで携帯電話が振動した。

――げ、まさか……。

はるかに気づかれないように少しだけ出し、画面を確認すると「牛ノ町病院　救急外来」とある。

――どうしよう……。

いま電話に出たら、せっかく直ったはるかの機嫌がまた悪くなるかもしれない。しかし病院からなんの用事だろう。病棟の患者さんのことなら基本的にすべて凜子に電話が行くはずだ。

悩みながらも、定期的な振動は続いている。二回、三回、四回……。

――なんでいまなんだよ……。

祈るような気持ちで、振動が止まるのを待つ。しかし表情に出すわけにはいかない。はるかには幸いまだ気づかれていないようだ。

「はい、アメちゃん。大盛りね」

はるかがスパゲッティを盛った皿を渡してきた。

「お、ありがとう」

なに食わぬ顔で受け取る。フォークを使ってスパゲッティを巻き、口に入れる。

はるかと食事をするのがいつもこの店なのは、隆治が他の店をほとんど知らないからだった。第一このハミルトンだって、自分で開拓したわけではなく、はるかに連れてきてもらったのだ。

——それにしても旨い。こんなスパゲッティは鹿児島じゃ食べられない。

もちろん、大学時代まで過ごした鹿児島では、ろくな店に行ったことがなかったので知らないだけである。が、隆治は素直に感動した。明太子の塩味と大葉の香りが絶妙にマッチしている。

はるかは自分の会社の話をした。若くしてその会社を起業した社長とケンカしたこと、大手IT企業が自分たちとそっくりな名前で新しいサービスをリリースしたこと、同僚の女性たちの恋愛事情……。

相槌《あいづち》を打ちつつ、隆治は次第に気もそぞろになった。いっときは明太子スパゲッティの味で忘れていた病院からの着信を、思い出してしまったのである。次第に隆治は、電話をかけ直す方法に思いを巡らせた。

「ごめん、ちょっとトイレ」

スパゲッティを食べ終えるやいなや席を立つ。怪しまれていないだろうか。

「なに、もう。アメちゃん落ち着かないのね」

行ってらっしゃい、という言葉を背中で聞きながら、隆治はなるべく早足にならないようにトイレに行った。

男子トイレの扉を開けるとすぐに、ポケットから携帯電話を取り出した。牛ノ町病院へ電話をかけ直す。

プルルル　プルルルル
すぐに出ない。焦《じ》れる。この番号は救急外来に直通のはずだから、看護師が出るはずだ。

「はい、牛ノ町病院救急外来、看護師吉川です」

「あ、吉川さん」

「もしかして雨野先生？　ごめんね、オフのときに」

「いえ。こちらこそ遅くなっちゃって」

吉川の声はそれほど焦っていないが、後ろでモニターのアラーム音やら足音やらが聞こえる。

――なんだろう。虫垂炎《アッペ》か消化管穿孔《せんこう》か、それともヘルニア嵌頓《かんとん》か……。

「いまね、当直で凜子先生がいるんだけど、どうもアッペみたいなの」

「はい」

「でね、凜子先生は夜のうちに緊急手術したほうがよさそうって言ってて」

「要するに、いますぐ病院に来てってことですよね」

「バレたかー。先生、でも大丈夫？」

そう言われて驚いた。吉川はこちらの現状を知っているかのようだ。

「大丈夫もなにも、行きますよ。外科医だし」

「かっこいい。じゃ、待ってるわね」

電話が切れた。

――外科医だしって……。

自分で言いながら呆《あき》れる。この場は、どうすればいいのだ。

トイレの鏡に映る自分の顔が見える。顔はまだ赤くない。久しぶりに会った彼女を置いて、それも誕生日を忘れていた彼女を置いて、病院に行く男の顔だ。

――そんなこと言ったって、しょうがないじゃないか。

誰に責められたわけでもないが、言い訳したくなった。

どんな顔で席に戻ればよいのだろうか。途方に暮れる。が、それほどトイレに長居するわけにもいかない。

手を洗うとトイレを出て席に向かう。はるかの後頭部と背中が見える。愛おしいような気もするが、気持ちはもう病院にある。

「ごめん、遅くなって」

「おかえり。いいのよ、ゆっくり飲んでたから。お腹、大丈夫？」

胸がズキンと痛む。が、しょうがない。

「うん、まあ」

そう言うと、ビールを一口飲んだ。飲んでから、しまったと思った。いまから病院に行くのだ。酔いを醒まさなければ。

「あの」

そう言った瞬間、はるかは両手で顔を覆うと、

「ううう」

と声を出し始めた。

――えっ？

泣き真似だろうか。

「はるかちゃん？」

「アメちゃん、寂しいよう」

「えっ？」

まだなにも言っていない。声が聞こえたのだろうか？

続きを待ったが、はるかは肩を小刻みに震わせている。どうやら本当に泣いているようだ。

「ごめん」

とりあえず謝るしかない。自分が行かなければならないのは事実なのだ。

手で涙を拭きながら、はるかが言った。

「だって、行かなきゃならないんでしょ」

「……うん。なんで」

わかったの、と尋ねる前にはるかは答えた。

「さっきポケットでブーブー携帯鳴ってたし、そこから急にソワソワしだして、長いトイレで電話してたんでしょ。アメちゃん、わかりやすすぎ」

そうだったのか。完璧に隠せていたと思ったが、バレバレだったようだ。

「ごめん」

「ねえ、なんで私が二カ月ぶりに会う日に限って病院に呼ばれて行っちゃうの？　アメちゃん、病院と付き合ってるの？　今日だってせっかくお泊まりするつもりで準備してきたのに」

返す言葉がない。隆治はうつむいて黙っていた。しかし、時間はない。

「ねえ、どういう業界なの？　いまどきそんな会社どこにもないよ？　アメちゃんは、自分の人生と患者さんとどっちが大事なの？」

「……仕方ないだろ。患者さんの命がかかってるんだから」

思わず言ってしまった。

はるかは一瞬驚いた顔をした。その顔を見て隆治は「ごめん」と言った。

「でも、行くわ」

そう言うと、テーブル脇の荷物入れに入れていたリュックを取り立ち上がった。

もう、はるかの顔を見ることができない。

きっといまから泣くのだろう。こんな店に一人残されて、どうするんだろう。

だがそれ以上はるかを思いやる余裕は隆治にはなかった。

ハミルトンの重い扉を開けると、まだ冷たい春の夜が隆治を出迎えた。

＊

珍しく手術のない日だった。朝からナースステーションのパソコンで電子カルテを開くと、患者の体温や血圧、排便や排尿、食事摂取の量が一見してすぐわかる「温度板《おんどばん》」

を見ていた。術後三日目でこの人は食事を出せそうだ、アッペ術後一週間で熱が出ていておかしい、こっちの人は癌の痛みで鎮痛剤の注射回数が増えている、この人は腸閉塞、こちらも腸閉塞……。

光る画面からあふれる患者情報を一通り見るが、どうにも頭に入ってこない。まるで、野菜や肉で一杯の鍋にさらに具材を入れようとしているような感じがした。

理由はわかっている。昨夜のデートを途中ですっぽかして、病院に呼ばれてきたことだ。凜子に相談されて診た患者は、幸い緊急手術は必要そうではなかった。凜子は虫垂炎の穿孔という診断をしていたが、隆治の見立てでは孔は開いていなかった。膿もあるのでまずは手術ではなく抗生剤で治療し、落ち着いたところで手術をするほうがいいだろうというのが隆治の判断だった。

患者さんにとっては良かったが、はるかは怒っているだろう。なにせ、誕生日も忘れ二カ月ぶりのデート中、コースの食事途中でお金も置かずに一人テーブルに残して出てきてしまったのだ。はるかの「自分の人生と患者さんとどっちが大事なの?」という言葉が耳に響く。

隆治は言い訳をした。

——だって、あんなこと言うから。しょうがないじゃないか。自分はそれくらい外科医にプライドを持っていて、この仕事を大切にしている。それがなぜわからないのだ。もう付き合って三年目になるというのに。

隆治は傲慢《ごうまん》だった。外科医の仕事は、すべてに優先していいと考えていた。そして、それが医者という職業に対する唯一の誠実さだと思っていたのだ。だから、はるかのあの言葉にはかちんときた。あのままあの場にいたら強い言葉で反論しただろう。それくらいなら、黙って出てきたほうが良かった。そう思っていた。

——考えていても仕方ない。

立ち上がると、体も重い。昨日はアッペの患者を診たあとそのまま病院に泊まったが、それでも六時間は寝た。疲れてはいないはずだ。

時計は七時ちょっと過ぎを指している。いつもならこれくらいの時間に凜子が来るのだが、今日はいない。凜子は昨日は当直で家には帰っていないはずだ。朝方に救急車でも来ているのだろうか。

一人で回診を始めた。入院患者は温度板の情報通り、みな落ち着いていた。最後に残った個室二部屋に向かう。

「失礼します」

ノックをして入った部屋は、先日、腸閉塞で二人同時に入院したうちの「上品なほう」上田だった。

「先生、おはようございます」

早朝にもかかわらず寝癖はなく、パジャマ姿だが身なりは整っている。少しベッドの背もたれを上げ、眼鏡をかけて新聞を読んでいた。

「お腹の具合、いかがですか」

上田については入院してから食事を止めて、点滴だけで様子を見ていた。

「ええ、おかげさまで少々良くなったように思います」

「そうですか。ちょっと失礼」

そう言いながら薄紫色のパジャマをまくり、お腹を触った。

——まだ張っている……。

左手の中指で打診をすると、ポンポンと音が響く。

「いたた」

「すみません。痛みも強いようですし、腸も張っていますね」

まだ改善はしていないようだ。

「もう少しこのまま、様子を見ましょう」

「ええ、承知いたしました。先生、朝早くから本当にご苦労さまでございます」

上田の丁寧な物言いには恐縮してしまう。

「いろいろといま検査をしています。もう少しで結果が出揃《でそろ》いますので、ご家族にも来ていただきたいのですが」

隆治がそう言うと上田の表情がさっと変わり、

「家族はおりませんので、私一人で伺います」

とぴしゃりと言った。

「え……あ、そうですか……」

戸惑いつつも、それ以上聞ける感じではなかった。

――あとで看護師さんにでも聞いてみるか。

「じゃ、失礼します」

逃げるように部屋を出る。

続いて隣の部屋をノックする。

「失礼します。下澤さん」

こちらは、上田と同時に入院した下澤の部屋だった。

ドアを開けると、下澤は横を向いて寝ていた。

「下澤さん」

近づいて声をかけるが、起きない。

「しもざわさーん」

肩を軽く叩く。

下澤はゆっくり目を開けた。

「は……」

「起きてください」

「なんなの」

「下澤さん、朝ですよ」

隆治を見ると、下澤は驚いた顔をして、続いて大きなあくびをした。

「朝？　あら、先生じゃない。どうしたの」

「どうしたのって、様子をお伺いしに来たんです。お腹、どうですか？」

「お腹？」

なかなか要領を得ない。お腹をみますね、と言ってパジャマをまくった。下澤の腹が小高い丘のように膨らんでいるのは、太っているからか腸が張っているからかわからない。

トントンと打診をする。

「あいたた。痛いわよ先生」

意外な反応だった。これだけ痛ければ、普通はあれほど眠れない。睡眠剤かなにか飲んでいただろうか。

「まだ痛みますね。検査、進めますね」

「先生、検査検査で全然良くなんないじゃない。ご飯も始まらないし」

「すみません、もうちょっとですから」

「早くしてよ！　私この歳ですけど忙しいんだから。家族だって困っちゃってるのよ、私がいなくて」

大きな顔の上の、寝癖でおっ立っている紫の髪がおかしい。隆治は笑いをこらえつつ、

「すみません、急ぎますね。結果が出たらご家族に来ていただきますので」

と言いながら部屋を出た。

「よろしく頼みますよ！」

下澤は隆治の背中に浴びせかけるように声を上げた。

上田、下澤の二人とも痛みはあり、ＣＴ検査の予定になっていたはずだ。

――ＣＴ次第かな……。

隆治は再びナースステーションに戻っていった。

Part 2　桜並木

四月に入り、牛ノ町病院にも新しい医師が大勢赴任してきた。三月末で退職した医師は一〇人以上いる。これくらいの入れ替わりは毎年のことだ。

牛ノ町病院では、いつものように歓迎会が行われた。場所も決まっていて、病院から一番近い居酒屋「やっちゃんち」を貸し切っている。

「みなさーん、お待ちかねの、新任の先生のご挨拶ですよー！」

毎年のことだが、司会進行の循環器内科部長がマイクで盛り上げる。普段はパッとしないのだが、この会の司会のときだけ妙に目立つし面白い。

「おおー！」

「ヒューヒュー！」

各科の医師たちが盛り上がっている。内科、外科のそれぞれの臓器専門の医師たちを始め、整形外科、皮膚科、脳外科、精神科などの科の医師も来ている。この会は、牛ノ町病院の各診療科の医師が全員集まる、唯一と言っていい会だった。院長や副院長もよく参加している。

「あのオッサン、今年も元気じゃねえか」

外科のテーブルで岩井《いわい》が大きな声で言う。

「なんか、見飽きましたね」

その隣には佐藤、そして隆治、凜子と並んでビールを飲んでいた。

「そう言えば凜子先生のときは面白かったよね。外科には行きません、とか言ってなかったっけ？」

「えぇー、そうでしたっけ？　すいません、忘れちゃいましたぁ」

佐藤の突っ込みを、凜子は笑ってごまかしている。

「そうだよ。だから私最初すごくムカついてた」

しかし佐藤は逃さない。

「いやだー、最初怖かったですもん。でも、外科医になったんで許してください」

満面の笑みで言われると、つい許してやろうという気持ちになってしまうのが、凜子の魅力だ。

「ではまずは消化器内科、遠藤《えんどう》先生お願いします！」

司会に言われて前に出たのは、天然パーマなのかかけているパーマなのかよくわからない髪を真ん中に分けた、ヒョロリと背の高い男だった。太めの眉毛《まゆげ》に笑っているような垂《た》れ目、馬のような面長《おもなが》の顔だ。

——あれ？　なんか見たことあるような顔……。

「皆さん、初めまして！　この四月から消化器内科に赴任いたしました、遠藤須古雄《すごお》と申します、よろしくお願いします！」

そう言うとひょいと頭を下げた。医者というよりは営業マンと言ったほうが似合うような話し方をするその男は、司会に「先生のプロフィールを教えてください！」と振られてすぐに笑顔になった。笑うと歯茎《はぐき》が目立つ。

「あざっす！　遠藤なんですが、宮崎生まれ宮崎育ち、大学だけ鹿児島に行きましてそのまま宮崎で医局に入りました。いろいろあって、東京に参りました！」

——えっ？　鹿児島？

隆治は驚いた。記憶を辿る。遠藤……宮崎……。

「先生、それだけじゃわからないよ！　医局はやめたの？　クビ？」

司会がおどけて言うと、どっと笑いが起きた。遠藤は困ったような顔で笑っている。人は良さそうだ。

「どうかと思うんですが、宮崎ではわたくしが仕えていた上司が医局で教授と大モメしてしまいまして、なんとセットでクビになりました」

医者たちがゲラゲラ笑っている。

「それからフリーとして東京に参りまして、癌専門田端《たばた》病院で消化器内科をやっておりましたが、あちらの方から牛ノ町病院に出向するようにとお達しをいただきまして、勉強させていただくために参りました！」

「ありがとうございます！　ちなみに年齢は？」

「今年三〇になります！」

そう遠藤が言ったところで隆治が「えっ！」と叫んだので、周りの皆が振り向いた。

「なんだよ、知り合い？」

佐藤が尋ねる。

「ええ、かもしれないです」

「鹿児島大学って言ってましたぁ。雨野先生、同級生くらいじゃないですぅ？」

「うん、そうだよね……あっ！　思い出した！」

隆治はとっさに手をあげ立ち上がった。

「遠藤先生、もしかして大学時代テニス部じゃなかったですか？」

大きい声で言う。

「はい、テニス部でした！」

「もしかして、好きな芋焼酎って黒伊佐錦《くろいさにしき》じゃなかったですか？」

皆が振り返るが構わず続ける。

「え？　そうです！……なんで、あれ？」

「やっぱり！　僕、大学の元同級生の雨野です！」

「え！　雨野？　マジ！　なんでここ居るの」

「いや研修医のときからずっと働いてて……すいません、あとで二人で話します」

また皆が笑った。司会は「はい、驚きですね、外科の雨野君と元同級生だそうです！」とまとめ、ぱらぱらと拍手が起こった。

遠く離れた東京の病院で鹿児島大学時代の同級生とばったり会ったのだ。こんなことってあるだろうか。

他の新任医師と研修医の挨拶が終わると、遠藤はビールジョッキを持って外科のテーブルへやってきた。隆治が立ち上がって迎える。

「雨野！　マジかよお前！」

「遠藤かあー久しぶりやね」

隆治はあっという間に鹿児島弁に戻る。

「久しぶりも久しぶりやね。どんだけ会っちょらんかったかね」

それに呼応して遠藤も宮崎弁だ。懐かしい。遠藤は鹿児島大学時代も宮崎弁を手放すことはなかった。

ジョッキをガチャッと合わせると、二人で立ち話を始めた。大学を卒業して以来、実に六年ぶりの昔話がしばらく続いた。あいつはどうしている、あっちは研修医をドロップアウトして実家の医院を継いだ、こっちはもう海外留学した……。

「そんで、お前はどんげしちょったとかー？」

「え？　どんげって？」

凜子と佐藤がニヤニヤして隆治を見ている。

隆治は周りの外科医に聞こえるのがどうにも恥ずかしくなって標準語に戻したが、遠藤は意に介する様子もなく話し続ける。

「わかっちょっがー。彼女よ彼女」

「か、彼女？」

——こんなところで、しかもこんな大きな声で……。

うまくごまかしたかったが、急にはるかの顔が浮かんできた。

「ごめん、その話はちょっとあとで」

隆治が急に硬い顔になったので、遠藤も「お、おう」と気を遣った。

「ちょっとビールもらいに行こうや」

遠藤が店員のいる厨房のほうに歩いて行くので、隆治は慌てて付いて行った。遠藤は昔からこういう強引なところがある。

店内の端で店員を捕まえ、ビールを二つ頼むと再び遠藤は話し始めた。

「どう？　この病院」

どう、と尋ねられても、隆治はここしか知らない。埼玉のバイト病院は冷やかしのような勤務だけだ。

「うーん、まあ、いいんじゃない」

「いいって？」

「けっこう忙しいけど、みんな気合入ってるし、やりがいあるよ。消化器は内科と外科も仲良いし」

遠藤ははあー、とため息をついた。

「じゃった、雨野は真面目やかいね」

「え、なんのこと？」

「いやさ、俺いま彼女募集してるんだよね。そういうこと」

急に標準語になったので隆治は驚いた。

「お前の彼女、看護師《ナース》？」

「えっ、いや」

「あ、もしかして女医さん？」

「いや違うよ」

「さっき外科のところに座ってた子、可愛くない？　隆治、紹介してよ。なんか外科のくせにキラキラしてて俺びっくりしちゃったよ」

口ぶりからすると佐藤ではなく凜子のことだろうか。たしかに凜子は派手にかわいい感じで外科には珍しいタイプなので、他科からはそう見えるのだろう。

「いいけど遠藤、これから長い付き合いになるんだから変なことはやめてくれよ」

「大丈夫大丈夫！」

そう言って歯茎を見せて笑うと、ビールをぐびぐびと三口飲んだ。

外科のテーブルでは佐藤と凜子が座って話していた。岩井はどこか別の科のところに行ったようだ。

「お疲れ様ですー！　今月から来ました、消化器内科の遠藤と申します、先生方、よろしくお願いしまっす」

佐藤は一瞬驚いたようだったが、すぐグラスを持つと「よろしく、外科の佐藤です」と言った。

「よろしくですぅ。西桜寺と申しますぅ」

「え？　サイオンジ？」

「いえ、サイオウジ、ですぅ。やだぁ、先生」

凜子は初対面でも愛想がいい。佐藤はもう面倒くさそうにしている。

「すいません、自分の大学時代の同級生で」

「そうなんすよー。雨野《こいつ》がお世話になってます！　大丈夫すか？」

「どうだろね」

「えぇー、雨野先生はすっごく優しいし仕事できるんですぅ」

それから四人でしばらく話していた。遠藤があからさまに凜子にばかり話しかけたからか、佐藤は途中で立つとどこかへ行ってしまった。

「……というわけでじゃあ、次のお店行きましょうよ」

いつの間にか二次会の話になっている。

「えぇ、もちろんですぅ。でも、外科の上の先生とも相談しないと、ですよねぇ雨野先生」

急に話をふられて、隆治は驚いた。

「え？　ああ、そうだね。そろそろみんな、このお店も飽きてきたっぽいし」

毎年のことだが、最後までこの店で飲み続けず、医師たちは三々五々出てそれぞれの科で二次会へ行く。

「私、ちょっと聞いてきますねぇ」

そう言うと凜子は立ち上がって佐藤を探しに行った。

「遠藤、内科のほうは二次会ついていかなくていいの？」

「いーとよ、いーとよ。昨日もてげ飲んだっちゃかい。今日は凜子ちゃんとこにすっわ」

そう言うとジョッキを持ち、少し残っていたビールを飲み干した。

ほろ酔いで歩いているからか、それとも気温が上がっているからかはわからないが、歩いていてぽかぽかと暖かい。よく晴れた四月の夜を、月明かりが照らしていた。足がもつれるほど飲んだわけではないが、まとまりがある思考ができるほど素面《しらふ》でもない。隆治は両手をチノパンのポケットに突っ込んだまま、足を放り投げるように気ままに歩いていた。

＊

一次会の店から徒歩で一五分のところにある店を凛子がおさえたようで、外科医たちは歩いての移動になった。店を出てしばらくは皆で一緒に歩いていたが、部長の須郷と岩井は先に行ってしまった。

隆治の横で一緒に歩いている佐藤は、背筋をピンと伸ばしたまま歩いている。月光に照らされた横顔をちらと見ると、恐ろしいほど整っているのはいつものことだが、今夜はそれに鋭さを増している。

後ろを歩く遠藤は、店を出てからもずっと凛子に話しかけ続けている。出身地はどこで、大学時代はなにをしていて、血液型はなんで、家族構成はどうで、なぜ外科を選んだのか――話しながら少しずつプライベートな領域に侵食しようとしているが、あと一歩というところで凜子は「さあ、どうでしょう」や「うふふ」などぬるりとかわす。どうやらまったく脈はないようだ。

方向感覚がいまいちつかめないが、おそらくここは上野駅の近くで、抜け道かなにかなのだろう。人通りも少なく、時折自転車が通るくらいで暗い道が続く。

佐藤の隣を歩いていて、隆治は急に緊張し出した。

――なにか話さないと。でも、なにを話そう……。

差し障りのない話題で、しかもくだらないことではないこと。なに一つ思いつかない。

――患者さんのこと、話すかな。でもいまそういう感じじゃないし……遠藤のことでもネタにしたいけどすぐ後ろにいるしな……。

考えながら、結局無言で歩き続ける。後ろの遠藤と凜子のやり取りがちょどいいBGMだ。

そのときふと、隆治は去年の六月のことを思い出した。佐藤とばったり会った上野駅近くのレストラン。あのとき佐藤が一緒にいた背の高い男性は誰なんだろう。

――けっこう爽やかな感じだったよな。でもなんか、ただの彼氏とは違う……。

あの日は、そのまま佐藤と一緒にタクシーで病院へ行き、消化管穿孔患者の緊急手術をしたのだった。たしか魚の骨を飲んでしまって、小腸にピンホールみたいな小孔が開いていた。小腸はそこだけ一〇センチほど切って、隆治が手縫いで縫ったのだった。腸がけっこう浮腫《むく》んでいたので縫合不全《ほうごうふぜん》にならないか不安だったが、手術後はずいぶん経過が良かった気がする。顔と名前が思い出せないのに、腹の中が思い出せるとは、おかしい感覚だ。

――タクシーでも聞けなかったし、病院ついたらオペだったもんな。

それ以来、佐藤にはあの男性について尋ねたことはない。あまり聞かれたくなさそうな気がしたのだ。佐藤とも長年の付き合いになるので、それくらいはわかる。

一行が丁字路を右に曲がった、そのときだった。

「うわあ……」

隆治は思わず声を漏らした。

道の両側に、桜の木がずっと先まで植えられている。八分咲きといったところだろうか。ライトアップなのか街灯がたまたま照らしているのか。夜空に照らし出された桜の白い花びらが道の上をずっと覆っている。

「すごいですぅ」

後ろから凜子が声を上げる。

「うわ、なんこれ！　てげキレイやわー」

遠藤も宮崎弁で感動している。

ここは宴会禁止なのだろうか、木の下でゴザを広げるような人はおらず、隆治たちのほかにはぽつぽつと散歩している人がいるだけだ。

「もうちょっとだね」

佐藤の声は、いつもより少し高く聞こえた。

「はい」

桜並木を歩く。夜桜は白く透き通っているようで、四人の医師はしばし言葉を失った。

歩みを進めるうちに、隆治の頭にふとある人の顔が浮かんだ。

葵だった。

——なんで……。

こんなときになぜ、葵を思い出すのだろう。はるかに申し訳ない。でも、思い出してしまったものはしょうがない。

葵に初めて会ったのは一年ちょっと前だった。腸閉塞になり救急車で牛ノ町病院に来て、そのまま緊急入院。入院中、フェイスブックの使い方を教えてもらった。あんな時間まで、たまたま他の患者がいなかったとはいえ、病室に葵と二人だけでいたのはやはりまずかった。そして退院、葵が凜子とサプライズを仕掛けた三人での食事。そこでばったり会った佐藤と背の高い男。そして暑い暑い日の、富士登山。頂上で見た、葵の涙と眩《まぶ》しいご来光。下山後の駐車場で、手に馬糞《ばふん》がついたと笑う葵の顔。

桜並木は続いていく。

──桜色じゃなくて、白いんだな、花びら……。

夜桜をこんなにゆっくり観たのは初めてかもしれない。花見のときには酒を飲むし、大勢で話すので、あまり桜は観てこなかった。

隆治は、桜並木がこのままずっと続けばいいと思った。もちろんそんなことはない。そのうち桜の木は途切れ、店に着き、また酒を飲み直すのだろう。そうしたら、この桜の花びらのことなど忘れてしまうのだ。葵を思い出したことも。

考えていたら急に涙がこみ上げてきたので、佐藤に気づかれないよう左腕の袖《そで》で目を拭《ぬぐ》った。

*

「おはようございます」

翌朝、隆治は回診で上田の部屋にいた。傍らには凛子もいる。

「あら先生方、おはようございます」

ベッドに座った上田が、ゆっくりと頭を下げた。浴衣のような、自分で用意した寝間着を着ている。

「おはようございますぅ」

上田は三月半ばに緊急入院したあと、体調が戻って一度退院していたが、再び食事が取れなくなって二日前から入院していた。前回の入院中に行った精密検査では、進行した大きな大腸癌があり、それが腹壁《ふくへき》に食いついているという所見だった。しかし他の臓器に転移はないため、手術で取り切れれば長期生存も十分に見込める。そのため一度手術を提案したが、「もう少し様子を見たい」という希望があり、手術はせず外来に通っていた。

「お腹の痛み、今日はいかがです」

「そうね、まあまあかしら。一〇点中の二か三点くらいかしらね」

けっこう強いな……。

「わかりました。方針、みんなで相談しますけれど、痛み止めを使っていきましょうね」

隆治の頭にはオピオイドと呼ばれる医療用麻薬が浮かんでいた。

「大変申し訳ございません、雨野隆治先生。ご面倒をおかけいたします。西桜寺凜子先生も、早朝からありがとうございます」

ゆっくりとまた頭を下げる。隆治と凜子もつられて頭を下げた。

病室から出ると、凜子がぼそりと言った。

「上田さんって、本当に丁寧な方ですぅ。どんな方なんでしょう。痛み、かわいそう」

「そうだね。なんか家族はいないらしいけど。オピオイド使うか、手術《オペ》するかだなあ。今日、会議《カンファ》に出すから」

*

早朝の会議室はクーラーがよく利いてひんやりとしている。暗い中、部屋の一番前のスクリーンには電子カルテの画像がプロジェクターで投影され青白く光っている。

「はい、じゃああとは相談症例ある？」

「はい、続きましてご相談です。上田ミツ子さん、七九歳女性、進行大腸癌の患者です。三月半ば、腹痛を主訴に救急車で搬送され、精査の結果、横行《おうこう》結腸癌と診断されました。腫瘍はこのように巨大で」

言いながら隆治はマウスを操作し、ＣＴ画像を映し出す。

「このあたり、大網《だいもう》や一部十二指腸、そして膵臓《すいぞう》にも近接しており、直接浸潤《しんじゅん》の可能性があります。リンパ節転移も高度に認めますが、いずれも所属リンパ節です。腹膜播種を疑う小結節《しょうけつせつ》や腹水《ふくすい》は認めず、その他肝臓、肺などにも遠隔転移を疑う所見はありません。以上診断は、T4bN2aM0 ステージⅢｃとなります」

「はい。それで？」

司会の岩井が低い声で言う。

「三月の時点では、ご本人は手術を拒否されました。しかしいまなら根治的な手術が可能であり、もう一度手術を提案しようと思いますが」

「うん、まあいいんじゃない？　拒否だったらステント入れてＢＳＣ、早めに転院させてね」

――そんな、あっさり……。

隆治は戸惑いつつも、食い下がった。ＢＳＣとはベストサポーティブケア、要は積極的な治療は行わないということだ。

「あ、それが痛みがけっこうありまして……」

「オピオイドいってる？」

「いえ、まだです」

「じゃあ使って、説明して方針決めて。ほか、なにかご意見は?」

室内はシーンと静まっている。岩井が言っていることにみな特に異論はないようだ。

「じゃ、カンファ終わります」

岩井がそう言うと、外科医たちは部屋を出ていった。

がらんとした会議室には隆治と凜子だけが残った。

「なんだか、寂しいですぅ」

凜子も同じ思いなのかもしれない。

しかし手術を拒否する患者に手術を提案するというのは、そんな簡単な話じゃない。本人を説得して手術を受けさせるということがどういう意味を持つのか、凜子にはまだわからないだろう。

「ね」

とだけ言うと、さっさとプロジェクターを元の位置に戻した。

*

「雨野、緊急入院。今日オペないよね、診といてくれる？」

カンファの後、病棟で電子カルテで仕事をしていた隆治に、佐藤が声をかけてきた。

「こないだ入院してた、つまりかけの人」

つまりかけとは、胃や腸に病気ができて（ほとんどの場合は癌だ）つまりかけている状態を指す。

「え、それって」

「そうそう、指輪だらけの下澤さん」

——あの独特の見た目に、話の通じない下澤さんか。

「三月に入院してた人ですね」

「うん。あの人も困ったもんだな。今日のカンファの上田さんと同じく」

「そうですね。診ときます」

佐藤は手術があるのだろう、あっという間にいなくなった。相変わらず歩くのが速い。

下澤もまた「つまりかけ」の大腸癌だったが、上田と比べてさらに腫瘍が大きく、大腸の内腔が狭い高度のつまりかけ状態だったので、ステントという金網を入れて広げる治療をしたのだった。ステントは一時しのぎに過ぎず、今後は抗癌剤か手術などを考えねばならない。下澤は多発する肝転移と肺転移があった。その点では上田よりも癌が全身に広がっており、予後も悪いだろう。その下澤が緊急入院するという。

——ステント、つまっちゃったかな。それとも……。

佐藤に緊急入院の理由を尋ね忘れたことに気づくがもう遅い。佐藤はもう手術モードに入っているだろう。手術直前の外科医に電話を入れて、集中力を削《そ》ぐようなことはしたくない。もっとも、隆治にそんな気配りができるようになったのは、自分で執刀するようになった最近のことだが。

隆治は一通り処方をしたりカルテを書いたりしたあと、もう一度上田の部屋へ行った。ノックをして声をかける。

「失礼します。上田さん」

ドアを開けると、上田はベッドの背もたれを少し上げ、大きな写真集のような雑誌を読んでいた。

「あら、雨野先生。どうなさいました」

「いえ、痛み止めについてご相談したくて参りました」

上田は雑誌を閉じると傍らに置き、隆治をまっすぐ見た。

「痛み、けっこう強いですよね」

「ええ、どうでしょうか」

「夜、眠れてます?」

「まあまあかしら」

痛みを表現することは簡単ではない。そのため、隆治は昔佐藤から習った「夜眠れているかどうか」で、痛みのつらさをある程度測ることにしていた。しかし上田にはあまり通用しないようだ。そういうときの次の一手がある。

「そうですか。では、想像できる一番痛いときを一〇として、全く痛くない状態をゼロとすると、日中はだいたい平均していくつくらいでしょうか」

「一番痛いとき……」

「例えばお産とかですかね」

一瞬、上田の表情が曇ったのに隆治は気づいた。

――しまった、お子さんいないんだったな……。

「だいたいでいいですよ」

ごまかすために続けた。

「……そうですねえ。だいたいですと、四とか五、くらいでしょうか」

――痛み強い……。

「わかりました。では、新しい痛み止めを使ってみませんか」

「ええ、でも痛み止めはいまもいただいておりますが」

「もう少し効果の高い痛み止めです。オピオイドというものですが、いわゆる医療用の麻薬です」

「麻薬……」

　この、オピオイドという優れた鎮痛剤の説明はいつもとても難しい。医療用麻薬だが、痛みがあるときに使っても依存などをすることはなく、せいぜい使い始めに眠気が出ることと、使用量が増えたら便秘に困ることくらいなのだ。どちらかというと副作用は少ないぐらいだ。しかし、ひとこと「麻薬」と言うと、ほぼすべての患者は非合法・危険・依存性という悪いイメージを持ってしまう。

「あ、麻薬といっても医療用ですし、安全なものです。痛みをおさえる効果がとても強いので、ぜひ使っていただきたいと思っていまして」

　言葉を選びながら慎重に説明を続けるが、上田の表情は硬い。

「そうですね……副作用はあるのでしょうか?」

「いえ、かなり少ないと思います。使い始めに少し眠くなることと、便秘くらいですね」

　医者にしてみれば、これくらい痛みがある患者さんには検討の余地なく「使う」の一択なのだが、どう説明すればよいかいつも困る。

——麻薬って言葉が違うものだったらなあ……。

この単語一つで、ネガティブな方向に引っ張られる人がどれほど多いことか。言わなくてもいいのではないか、と思うこともある。言わないで使う医師もいると聞く。が、やはり特殊な薬であることに違いはなく、医療用麻薬という情報は大切なものだ。伝えるべきだ、と隆治は信じていた。

「……ちょっと考えさせていただきますね。先生、本当に申し訳ございません」

「いえ」

——やっぱり。

いつもはこれで引き下がるのだが、今日はどうしてか納得がいかない。痛みの強さ「二〇分の五」もかなり引っかかる。

「ですが、私は上田さんの痛みの強さであれば、もうすぐにでも使ったほうがいいと思います。うーんと、なんて言えばいいかな」

隆治は頭をかきながら続けた。

「ほら、痛くていいことってありませんし。夜も眠れませんし、気分も塞《ふさ》ぎます。食事だって取りづらくなってきちゃうかもしれません」

上田は少し不思議そうな顔で、この若い医者の下手な説得を聞いている。

「あとは、そうですね、うーんと」

言いながら、どんどん説得力を失っているのを隆治は自覚している。

「雨野先生、本当にありがとうございます。このような一患者にそこまでしてくださって。ですが、少々考えさせていただけますか」

――やっぱりダメか……。

隆治は「すいません」と一礼して部屋を出ると、ため息をついた。

医者になって五年が経つ。こういう説明は、いつまで経ってもうまくならない。薬のメリットとデメリットをフラットに説明すると、たいていこういうことになってしまう。その結果、痛みが取れず不利益をこうむるのは患者さんだ。誠実であろうとするのはよしとしても、もう少しうまいことできないものだろうか。

ナースステーションに戻ると、白いワンピース型ナース服を着た看護師の吉川が書類を持って歩いていた。

「あら先生、今日はオペないの？　珍しいわね」

「ええ、そうなんです」

吉川に相談しようか迷う。

「あれ、どうしたの？　顔になにか書いてある」

まったく、看護師という人たちの観察眼にはかなわない。

「バレました。実は……」

隆治は上田さんへのオピオイド導入の提案の件を話した。

ふんふん、と聞いてくれていた吉川は、話が終わると言った。

「あの人、ちょっといろいろあるからね」

「え？　そうなんですか？」

「いろいろというか、ご家族いらっしゃらないでしょ」

「ええ、それは知ってましたが……」

患者のことを把握していないと思われるのは癪《しゃく》だ。

「それがね、ご家族のこと、全然話したがらないの。私たちにもよ。ご結婚はしていないみたいで、お子さんもいないようなんだけど、よくわからなくて」

――そう言えば詳しくお話を聞いてはいなかったんだった。

上田が嫌そうだったので、なんとなく家族の話題は避けていたのだ。

「ま、少なくとも私たちにも心を開いていないのは事実ね。先生にも開いてないから、だから薬もそうなったんじゃない？」

そう言われても、隆治にはどうすればいいか見当もつかない。

「ま、痛み止めのことだけじゃなくて、今後のことも考えるともう少し信頼関係をつくらないと。大丈夫よ先生、ひとまず痛み止めのことは私がタイミング見て話してみる」

「ありがとうございます！」

結局、吉川に頼ることになってしまった。責任感が強く、こうやって人が困っているとすぐになんとかしてくれるのだ。一時期は「もしかして自分に対してだけなのではないか」と勘違いしたこともあったが、もちろんそんなわけはなく、他の医師や看護師にも同じように接していた。こんな人柄で、浮いた話の一つもないのは本当に謎だ、と隆治が研修医の頃からよく話題に上っている。

「なにジロジロ見てるの、先生。それより緊急入院の人、もう診に行った？」

「えっ、もう来てるんですか？」

「さっきね。また上田さんの隣の個室だから、よろしくね」

「わかりました、診てきます」

ナースステーションから廊下に出てまた個室へ向かいながら、下澤が前回入院していたときのことを思い出した。

「心……」

　太った体に紫の髪、そして手にはたくさんの指輪……そう言えば下澤は「この歳だけれど忙しい、自分が入院して家族も困っている」と言っていた。あの後、大きい大腸癌のせいで腸がつまりかけていたため、ステントを入れたのだった。ステントを入れたあとも「早く食事を出せ」と連日隆治に詰め寄ってきていた。あの大きな腹だ、食欲もすごいのだろう。もしかしたら大食いでもして、ステントを入れたとはいえ狭い内腔がつまってしまったのかもしれない。

*

「こんにちは、下澤さん」

　ノックをしてドアを開けると、ヒョウ柄のシャツに金色のネックレスをした下澤がベッドに横になっていた。両手の指には緑の石や金色、銀色などさまざまな指輪が五、六個ついている。前回と同じだ。入院時に看護師から外すよう言われるはずだが、拒否しているのだろう。

「どうですか」

「どうもこうもないわよ、なんか食べられなくなっちゃったじゃない」

紫のアイシャドウで彩られた目を吊り上げる。

「お腹も痛みますか?」

「痛いわよ、ぜんぜんうんちが出ないんだから。先生なんとかしてちょうだい。夜中に来たのに救急の先生もなんにもしてくれないのよ。おかしいじゃない」

「お薬は飲めていました?」

狭くなってステントを入れた部分が硬い便でつまってしまわないよう、便が軟らかくなるマグネシウムの薬を処方していたのだ。

「薬、は飲んだわよ、たまに」

——やっぱりか。

「お薬、飲まないと便が硬くなってつまっちゃうんです。昨日はなにを食べたんです?」

「えっ」

急に目を伏せた。言いづらそうだ。しかし隆治は黙って待つ。

「肉よ、肉。焼いた肉ね」

隆治はため息をついた。

「それはつまっちゃいますよ、下澤さん」

嫌味の一つも言いたいが、いまさら言っても仕方がない。前回の退院前に、栄養士から栄養指導として「これは食べないほうがいい」「こういう食事にしましょう」など話をしてもらっていたはずだ。しかしいま一つ病識がないのかもしれない。

下澤のヒョウ柄シャツをまくると、白いお腹が出てきた。見るからに張っている。打診するとボン、ボンと太鼓のような音がする。

「じゃあちょっと検査をしてお腹の調子を見てみますね。ひとまずご飯はナシにしますんで、代わりに点滴入れましょう。今日、どなたかご家族は一緒ですか？　説明しますけど」

「えっご飯なし？　わかったわよ。しょうがないわね。家族は来てない」

前回の入院時も、何度もお願いしたが家族は来てくれなかった。看護師の記録によると同居の夫、娘、息子がいるとのことだった。

「そうですか。前回もご家族に一度もお会いできなかったので、今回は必ず来ていただいてお話ししたいのですが」

「……わかったわよ、言ってみる」

「お願いしますね」

念を押して部屋を出た。

ナースステーションに戻った隆治は、電子カルテでレントゲンとCT検査のオーダーを入れ、このようにコメント欄に記載した。

［S状結腸癌に対してステント留置後、閉塞症状あり。同時に肺転移、肝転移も前回指摘されていますが、増大傾向や新規病変の確認もお願いします］

これくらい具体的に書いておけば、読影《どくえい》をする放射線科医もきっちり見てくれるだろう。

*

午後、隆治はナースステーションにいた。電子カルテで下澤を開くと、CT検査結果をクリックする。まずは画像からだ。放射線科医という、CTなどの画像を読む専門家の読影コメントを先に読んでしまうと勉強にならない。まずは自分で画像をくまなく見て結論を出し、その上で読影コメントを読め、と研修医の頃指導してくれたのは佐藤だった。

――どれどれ……。

真っ黒い中に白と灰色だけで表現される、下澤の肉体を見ていく。

「えっ！」

隆治は思わず声をあげた。

下澤の肝臓は、ほぼすべて癌に置き換わっているではないか。七割、いや八割くらいだろうか。

隆治は息を呑んで、そのまま腹の中を見た。

すると、ステントの部分にある腫瘍はボリュームを増し、前回の倍くらいの大きさになっている。中には便がつまり、それより口側、つまり上流の腸は拡張していた。

――やっぱりつまっちゃってる……。

腹の中に少し腹水も溜まっている。これは腸閉塞のせいだろうか、それとも癌性腹水だろうか。

隆治は祈るような気持ちで肺を見た。

――ダメか……。

肺では、まるでプラネタリウムの夜空のように、黒い中に点々と白い粒が見え、五センチぐらいの大きなものも数個はある。

隆治は前回のCT結果を今回の画像の横に表示させると、比較していった。

——肺は著明に増悪、腫瘍の個数も大きさも増えている。肝臓にも、信じられないくらい腫瘍が増えている……お腹の中にも播種っぽいものがありそうだ。

とっさに隆治は、佐藤に電話をしようと思った。

が、まだ佐藤は手術中だ。終わってからでないと話はできない。

しかし、佐藤にこのCT結果を話したところでどうなるというのだろう。主治医である以上、隆治がこの結果を説明せねばならないのだ。とはいえ、一カ月でこれほど悪くなっている状況をうまく伝えられる気がしない。

以前院内講習で受けた、「バッドニュースの伝え方」というものを思い出した。個室でプライバシーを確保せよ、とか、不安な気持ちをやわらげろ、とか言っていた。そんなものがなんの役に立つのか。一カ月でめちゃくちゃ癌が進んでしまって、かなり厳しいです、と伝えなければならないのだ。

しかも、正直なところまだ下澤とは信頼関係が築けたとは思えない。なにせ家族にも一度も会っていないのだ。その状況で、どう伝えればいいだろう。

——それだけでも、佐藤先生に相談してみよう。

そう思い佐藤と話せたのは、夕方の回診が終わったあとのことだった。

＊

「で？」

夕方のナースステーション。座ってCT画像をスクロールする隆治の後ろから、佐藤は腕組みをして立ったまま言った。

「で……先生にご相談したいと思いまして」

五時を少し過ぎたあたりのナースステーションは、日勤帯と夜勤帯の看護師の入れ替わりの時間で、「申し送り」と呼ばれる患者ごとの情報伝達で騒がしかった。

「私に相談したって、患者に説明《ムンテラ》するだけじゃないの？」

「え、ええ、そうなんですけど」

言葉に詰まり、CT画像を動かす。

「実はご家族にまだ会えてないんです」

「ああ、そういえば前回の入院でも来なかったとか先生言ってたね」

「はい。それで、初めて話すのがこんな内容なので……」

言いながら、隆治は自分がこのバッドニュースを伝えるというストレスから逃げたいだけなのではないかという気がしてきた。できたら佐藤に丸投げしたい、自分はそう思っているのではないか。

「まあ伝えづらいよな」

助け舟を出してくれて、少しホッとした。

「でも、先生は主治医なんだからもう自分で直接伝えないと」

「……はい」

「じゃよろしく」

佐藤は歩いて行ってしまった。

ナースステーションは相変わらずガヤガヤと、看護師たちが立ったままペアになって申し送りを続けている。ある者は笑顔で、またある者は眉をひそめる。まるでリレーのように、多くの患者の身体的、あるいは精神的な状況がこうして次の者に伝達されていく。良くなる者ばかりではない。看護師たちはまた一様に真剣であった。重症者部屋の窓からナースステーションまでまっすぐ射し込む夕陽のオレンジ色がワックスのきいた床に反射していたが、それに気を留める者はいなかった。

――やっぱり、そうだよな。

研修医の頃はこんな悩みはなかった。なぜなら上司の医師たちがこのような難しい説明《ムンテラ》はすべてやっており、自分はせいぜい同席する程度だったからだ。三年目になり、簡単な説明――例えば虫垂炎の手術前の説明など――は一人でするようになった。

考えてみれば、癌の患者さんを主治医として担当するのは初めてかもしれない。以前にも名前だけ主治医というのはあったが、外科の上司たち、つまり佐藤や岩井が完全にバックアップしてくれていたのだ。

――でも、どんな顔して言えばいいんだろう。

隆治は電子カルテの前に座ったまま、ぼんやりとナースステーションの床を見ていた。

＊

翌々日の夕方、隆治は病棟の説明用の個室で下澤に話をしていた。

「ですから、肝臓と肺の転移が増えており、病気が進んでしまっています」

「だからその理由を聞いているんじゃないの」

隆治は苦戦していた。癌が進行したその理由を尋ねられているのだ。

「その理由は……すいません、私にもわかりません」

「話にならないわ」

下澤はふう、とため息をつき指輪をいじる。

「が、とにかくいまは早く抗癌剤をやる必要があります」

「嫌よ、抗癌剤なんて私。髪の毛が抜けたらどうするの」

「髪の毛、は抜けることもありますが……」

「ほら。先生は抗癌剤をやって自分の点数を稼ぎたいだけなんじゃないの」

「点数なんてありませんよ」

――これでは埒《らち》が明かない。

「すいません、下澤さん、ご家族って今日は来られなかったのですか？」

こういうときは家族の立ち会いで話を進めることが多いのだ。

すると下澤は目を伏せた。

「今日は都合が悪かったって言ってるじゃない。土日しか来られないのよ、仕事していれば常識でしょう」

そう言って、たしか前回の入院のときも家族は来なかったのだ。

「では、土曜にもう一度設定しますから、いかがです？」

「それは……ちょっと聞いてみなきゃわかんないわよ」

どうにもおかしい。家族を呼びたくないのだろうか。

そう思いながらも、隆治は一通りの病状説明を終えた。抗癌剤治療をするかどうかについては「保留」という謎の結論になってしまった。

＊

翌朝、いつものように隆治と凜子が朝七時から病棟を回り終え、ナースステーションに入ったところで、隆治のＰＨＳが鳴った。

「ようおはよう、雨野」

遠藤だった。

「お、どうした？」

「凜子ちゃん、元気？」

「いきなりなんだよ、朝から」

隣で不思議そうな顔をする凜子の顔を見ながら言った。

「あのさ、ちょっとつまりかけの大腸癌の患者がいるんだけど」

「え、また？」

「またってなんだよ、俺は初めて紹介すんだぞ」

それもそうだ。病棟に二人もつまりかけ患者がいるから、そんな言葉が出てしまった。

「うん、じゃあＩＤ教えてくれる？」

「いい？　２１０７２５、西木野《にしきの》さんって人。男性。昨日消化器内科《うち》に入院したんだけど上行結腸がつまりかけてて、盲腸が張ってて危ないかもしれん」

仕事の話になると真面目だ。

「ステントも難しい位置だ。早めだとありがたい」

早め、というのは早めの手術という意味だろう。

隆治は電子カルテの前に座り西木野のカルテを開くと、ＣＴ画像をクリックした。

「……うん、たしかに。ずいぶん張ってるなコレ。わかった、今日から外科で」

「ありがと、さすが雨野。フットワーク軽いな」

遠藤はそう言うと返事も聞かずに電話を切った。元同級生に褒められるのは悪い気がしない。

「先生、どうしたんですぅ？　なんかニヤニヤして気持ち悪い」

凜子が不思議そうに隆治の顔を覗《のぞ》き込む。

「いや、なんでもないよ」

慌てて真面目な顔をした。

「この人、内科の遠藤から紹介だって。つまりかけだから早めがいいって話してて」

「それでなんで笑ってるんですぅ？　変なの」

「佐藤先生に相談しよう、緊急手術がいいかもしれないし」

そう言ったとき、ちょうど佐藤がナースステーションの向こう側から入ってきた。

「お、ラッキー」

小声で言い、凜子と顔を見合わせると隆治は立ち上がった。

「おはようございます」

看護師たちは朝の検温に行っているのだろうか、ナースステーションにはたまたま誰もいなかった。

「おはよ」

いつものように後ろで髪を一つにまとめている佐藤は、両手を白衣のポケットに突っ込みながら歩いている。夜中でも早朝でも、いつ見ても佐藤の髪や顔は乱れることがない。考えてみれば不思議だ。

「先生、朝からすみません、実は」

「ん」

言いながら佐藤の目はすでにパソコンのモニターにくぎづけになっていた。CTを見ているのだろう。

「つまりかけの上行結腸《アセンディング》の癌で、盲腸《スイーカム》が拡張しています」

佐藤は返事をせず座ると、マウスでCT画像をスクロールさせる。

「ステントは?」

「遠藤が言うには、難しい場所だそうです」

「じゃ、『やり』だな。元気な人?」

「すいません、さっき電話もらったのでまだ会ってなくて」

佐藤は患者のカルテで既往歴や心電図、呼吸機能検査などの結果をチェックした。

「耐術能《たいじゅつのう》は大丈夫そうだな。ちょっと日程調整するから、雨野主治医でやれよ。できれば今日ね」

そう言うと電話をかけだしたので、隆治は急いで内科病棟へと向かった。

＊

「西木野さん、ですか？」

消化器内科病棟のナースステーションすぐ前にある大部屋、手前のベッドにその患者は横になっていた。

「はい」

見たところ七〇歳を少し過ぎたところだろうか。痩せた顔は青白く皮膚は乾燥しており、太く長い眉毛は白髪で、長いまばらな髪も、ほぼまっ白だ。

ベッドサイドのパイプ椅子には、坊主頭の中年の男性が座っている。隆治はなぜか少し奇妙な雰囲気を感じた。

「外科の雨野と申します。突然すみません」

「ええ、わざわざありがとうございます」

弱々しく頭を少し下げる。

「息子さん、ですか？」

「ええ」

その男性は答えず、代わりに西木野が答えた。

「こいつ、ちょっと喋れないもので」

「あ、ええ」

──喋れない？

失語などだろうか、あるいは精神疾患か、それとも知的障害などか。奇妙さを感じたのは、坊主頭が年齢にそぐわないと思ったからだろうか。


「痛み、どうです」

「いや、痛くてですね……」

声もかすれ気味だ。

「そうですよね。ちょっとお腹触っていいですか？」

「はい」

隆治は白い肌着をまくり、腹を露出させた。

痩せてあばらが浮いているが、腹の右のほうだけはぽんと盛り上がっている。

──CTでも張ってたあの腸か。

そっと全体を打診しながら顔を見るが、しかめることはない。

「ちょっと押しますね」

注意深く、左上から押していく。おそらく右下が一番痛いので、遠いところから触っていくのがセオリーだ。

「痛いです」

消え入りそうな声だが顔をしかめている。やはり右下が痛むのだ。

「わかりました。他にご家族は来ています?」

「ええ」

痛みが強くなったのだろう、目を閉じて答えた。

──かなり元気がないな。

「西木野さん、初めましてで申し訳ないのですが、手術が必要な状況です。内科の遠藤先生からお話聞いていています?」

「はい、少し」

「手術の詳しいお話をしなければならないのですが、ご家族……はどなたか来られますか?」

「いえ、息子と私だけですので」

「わかりました、ではいまからあちらのナースステーションでお話ししますね」

そう言うと、隆治は西木野と息子を連れてナースステーションで手術説明を行った。

「そこ、もっとちゃんと上腸間膜静脈《SMV》出せよ」

「はい！」

*

　その日の午後、隆治は先程の西木野の手術「腹腔鏡下回盲部切除術」を執刀していた。たまたま予定していた手術がキャンセルになってしまい、手術室が一部屋空いていたのだ。おまけに幸運なことに佐藤も手が空いていたので、午後に緊急手術として入れさせてもらうことができた。

「うん、そう。左手で剥離して。それじゃ力が強すぎる。そう、怖がらずに血管の一番近いところに入ればきれいに剥がれるから」

「はい」

　左手で、三〇センチもある腹腔鏡手術用の長い鉗子《かんし》を操る。上腸間膜静脈《SMV》という、創をつけてしまったら大出血するだけでなく、うまく修復できないと腸が広範囲に腐ってしまう血管の青白い表面に、ぬるりと鉗子の細い先端を入れる。この操作は、この術式の中で最も難しく、最も楽しい操作だ、と隆治は考えていた。

「まだ強い！　上腸間膜静脈《SMV》裂けるぞ！　患者を死なせたいの？」

「はい！」

力強い返事をするが、手の力はさらに抜かなければならない。もう一度、そっと血管の前を剝がす。

「鉗子を開くのも大きすぎるんだよ、下品。もっと小分けにして、少しずついけ」

佐藤の指導する声も次第に大きくなる。佐藤は第一助手として両手で腸や膜を引っ張り、隆治が手術できるように術野を展開しながら、かつ口では指導している。だんだんとヒートアップしていくのもやむをえなかった。

「危ない！……ダメだ、ちょっと代わる」

「はい」

——取り上げか……くそっ。

腕を組んだ佐藤が、患者のベッドの足側からぐるりと歩いて回ってくる。隆治は同じように腕組みをし、佐藤の側へと回った。

どうしても手術が進まなくなったり、危ないと判断された場合にはこのように一時的に術者を交代することがあった。最近はずいぶん減っていたが、それでもたまにこの「取り上げ」は発生する。取り上げられないことが、隆治にとっては一つの目標だった。

もっとも、佐藤からすれば一番大切なのは「手術を安全に無難な時間内で終えること」だ。隆治の腕を向上させることが第一目標ではない。しかし、ある程度の負荷をかけねば技術は身につかない。佐藤が安全と教育を天秤にかけながら進めていくのは当然だった。

「じゃ、展開して」

急に反対側に回っただけで、鉗子で思うところをつかめない。カメラを持つ凜子がつかみやすいよう見せてくれるが、それでもなかなかつかめない。そうして四秒、五秒と時間が経つと佐藤の苛立《いらだ》ちが伝わってきて、よりいっそう隆治の手は思い通りに動かない。

「あのさ」

「すいません！」

隆治は焦った。早くつかんで展開せねば、いつまで経っても取り上げのままかもしれない。術者に戻れないかもしれない。ひいては自分の技術向上が遅れてしまう。

一〇秒くらいしてやっと、隆治はいいところをつかむことができた。

向かいでは、顔の半分ほども覆うマスクの下で佐藤がため息をついている気配を感じる。

「ま、気を取り直していこ」

佐藤は自分に言い聞かせるように言った。

「ここ、こうやるの。わかる？　鉗子の向き、強さ、それと一回のストロークの大きさ。全部違うでしょ。あんたのは相撲、私のは裁縫」

「えぇっ？」

凜子が吹き出したので、隆治も思わず顔がゆるむ。まずい、と思ってすぐに佐藤の顔を見ると、佐藤の目も笑っている。

「たとえ、下手すぎだったか」

佐藤が言うと、急に場の空気が弛緩《しかん》する。

「いえ、よくわかりました」

「よく言うわ。ま、やってみて」

そう言うと佐藤は再び鉗子を置き、腕組みして助手側へと回った。隆治は小走りで元いた術者の位置に戻った。

「じゃ、あと皮膚よろしく」

そう言うと佐藤は術野から離れ、手袋と青いガウンを外しさっさと部屋から出ていった。その佐藤の背中に「ありがとうございました！」と声を浴びせる。

手術は結局、三時間一二分で終わった。特に出血もなく、時間から考えてもスムーズだった。


手術が終わり、手術室を出てすぐの家族控室で隆治は西木野の息子に会った。

「いま、お父さんの手術が終わりましたので」

「あでぃがとうございます」

息子は坊主頭を下げた。

「うまくいきましたからね。もうちょっとで出てきます」

そう言うと、息子の顔がみるみる皺《しわ》だらけになり、「うえー」と声をあげて泣き出してしまった。

「ごめんね、怖かったよね」

思わず隆治は背中をさすりながら考える。

途中で佐藤に取り上げられてむくれた自分が手術していたのは、この息子を持つ人だった。手術を安全に行うことより、技術を上げたいという気持ちが先走っていなかっただろうか。

隆治は自らの傲慢さに気づいた。外科医になって三年が経ち、ずいぶんと医者らしくなったとは思う。しかしそれは同時に、メスを入れられる患者さんの気持ちがわからなくなっていっているということではないのか。それだけは避けたい、そんな医者にだけはなりたくない、常々そう思っているはずだった。

背中をさすり続ける。手術直後の上気した頭はとっくに冷めていた。

「でも、無事に終わったからね。大丈夫ですからね」

言いながら、これは自分に言い聞かせているのではないか、という気がした。

「うん」

隆治は息子の背中をポンと叩くと、

「じゃあ、もうちょっと待っててね」

と言って、手術室へ戻っていった。

*

五月になったある週末、隆治は葵と二人でボウリング場にいた。

ボールを選んでいる葵を待ちながら座っている椅子がプラスチック製で硬い。目の前にはクリーム色でワックスのよくかかった細長いレーン、奥には白いピンが一〇本。それらをぼんやり見て思った。

——やっぱり二人はまずいよな。うん、まずい。俺、一応彼女いるんだし。

そもそも葵と約束したのは凜子だった。それで、隆治にも声をかけてきたのだった。まあ三人なら、とOKしたというのに、凜子は朝になって病院に呼ばれてしまったそうで、「すいません、終わったら駆けつけます♡」とメッセージを送ってきた。葵と二人はいくらなんでもまずい。

今日はなしにして日を改めよう、と提案したところ、葵は「雨野先生も来ないなら一人で行く」と言う。凜子も後から合流するからと言い、「葵ちゃんのためにお願いします」と懇願されたので、しぶしぶ来たのだった。

古びた建物のこのボウリング場は昔からあるらしいが、隆治が来たのは初めてだった。ボウリングは高校生の頃に鹿児島で何回かやったきりだった。体育館の倍くらいとそれなりに広く、天井が高いこの建物内には、まだ午前一〇時だというのに四、五組ほど客がいた。ほかは中年の夫婦、初老の男性一人客、それから家族連れなどだった。

「ねえ、私からでいい？」

いつの間にか戻ってきていた葵は、両手にボールを持って言った。黄色いTシャツに、デニムのショートパンツというスタイルだ。相変わらず足が長い。

「え、うん、いいよ」

「やったあ」

葵がにっこりと笑うので、思わず隆治は目をそらしてしまう。どうにも照れくさいし、あまりはしゃぐのは気が引ける。これではまるでデートではないか。

「じゃあ、ここでスタートにして、いくね」

葵がパネルをなにやらいじってゲームスタートとなった。名前のところには「あおい」「りゅうじ」とある。

葵がレーンに立つと、振り返って言った。

「負けたほうがお昼ごはんご馳走だからね」

「オーケー」

葵が黒いボールを胸のあたりで持つ。はじめはゆっくり、徐々に速く五歩の助走をすると、すぱっとボールから手を離した。

――え？　めちゃくちゃうまい。

ボールはつるつるの床を滑り、ガコンと音を立てた。音が響く。

「やったあ！」

いきなりすべてのピンが倒れた。ストライクだ。

戻ってきた葵は隆治に片手でハイタッチを求めたので、隆治は控えめに左手を上げた。

「え、すごい上手だね」

「へへー。でしょ」

「やったこと、あるの？」

「当たり前でしょ。中高時代、校則が厳しかったんだけど、なぜかボウリング場だけは許可証もらえば行けたの。だから学校帰りに通ったんだ」

——許可証？

「そうなんだ」

「先生はどうせ下手なんでしょ」

「うん、まあ」

「ふふ」

隆治は、緑のボールを持つ。

——葵ちゃんの真似してみるか。

ゆっくり助走を始め、五歩でボールを離す。しかし無情にもボールは斜めに走り、すぐに側溝に落ちた。

すごすごと席に戻ると、葵が手を上げる。「ほら、ガーターのときもハイタッチよ、下手くそさん」

「くそー」

言いながら手をパンと合わせる。こんなところを人に見られたらどうしようとも思うが、まあボウリング場だ、知り合いがいる可能性は低いだろう。

「せんせ、もう一投だよ」

「あれ？　そうだった」

もう一度投げる。今度は自分のペースで、まっすぐボールが走るイメージをする。ボールはまっすぐ転がり、八本のピンを倒した。

「よしっ！」

思わずガッツポーズをする。

それから二人は一時間半、ボウリングをやった。隆治はいつの間にか真剣に勝負にのめり込んだ。葵は結局ストライクを二回とスペアを三回出し、一三〇点だった。隆治は最初から最後まで苦戦し、九五点だった。

「お昼、なににしようかなあー」

ボウリング場に併設されたレストラン街に行くと、葵はトンカツ屋を選んだ。少しひなびた雰囲気だが、「ジューシーなトンカツ」と威勢のいいのぼりが出ている。

「いらっしゃい、お二人様」

のれんをくぐると、若い女性店員がそう言った。

――そうだ、二人だったんだ……。

隆治ははるかの顔を思い出した。あのときケンカしてから、会うどころか一度も連絡を取っていない。

――こんなところ見られたら、おしまいかもな。

連絡を取りづらいと思ったまま、また二カ月も過ぎてしまった。向こうからも連絡が来ないところを見ると、まだ怒っているのかもしれない。

顔をこわばらせつつ席につく。向かいに座った葵はそれには気づかず、無邪気にメニューを広げている。

「エビカツもいいしロースもいいなあ。特上もいいけどミックスも。うーん、迷う！」

「葵ちゃん、最近は食欲とかどうなの？」

「あー、なにそれ医者みたいなこと言って」

さりげなく聞いたつもりだが、不自然だっただろうか、と隆治は思った。

「いまね、めっちゃ食欲あるの。抗がん剤が抜けた頃になると食欲すごいんだ」

「やっぱり抗がん剤《くすり》入れたあとはきつい？」

「うん、一週間くらいはあんまり食欲なくなっちゃうかな」

「でもいまこんなトンカツ食べられるんならいいね」

店員が来て水を置いていく。葵はロースカツ定食を頼み、隆治は「同じものを」と言った。

それからしばらく二人はいろんな話をした。葵の病状はあまり良くなく、癌の勢いを示す腫瘍マーカーが上がってきていること、肺の転移巣が大きくなったせいで、血のまじる咳がたまに出ること。足がむくむこと。親が泣いてしまうこと。

葵は自分の話をすると、隆治にもいろんな質問をした。

「手術ってどうやって練習するの？」や、「担当している患者さんが死んじゃうことってあるの？」など、どれも隆治には答えにくいものばかりだった。

トンカツが来ると、葵はカツが見えなくなるほどソースをたっぷりとかけた。

――味覚異常もあるのかもしれない……。

そう思ったが隆治は口に出さないでおいた。

二人とも全部食べてしまうと、席を立ち、入り口にあるレジに行った。

「せんせ、ごちそうさま」

葵が下からいたずらっぽい目をして覗き込む。

——この目、たしか富士山を下山したあとにも……。

「いいえ、これくらい」

そう言いながら財布から一〇〇〇円札を四枚出し、店員に渡した。

「はい、三五〇円のお釣りでございます。どうもありがとうございます」

店員からお釣りを受け取ると、そのまま店を出た。

「せーんせ、ごちそうさま！　またボウリングやろうね！」

「う、うん」

凜子からの連絡はない。こちらが遊んでいる手前、病院にいる凜子に電話もしづらい。


夕刻、二人は駅のプラットホームに立っていた。ホームのコンクリートには昼間の熱気がまだ残っていたが、先程から出はじめた涼風が二人の間を吹き抜けた。

「まだちょっと暑いね」

「うん」

「なんか、夏が勘違いして梅雨より先に来ちゃったみたい。だって、あれ入道雲みたいじゃない？」

葵が指差した先には、丸っこい盛り上がりが二つ重なった雲があった。

「ほんとだ」

沈みかけた夕陽が下から照らしているからか、その雲は下半分はえんじ色だが上に行くにつれ少しずつ色が薄くなっていく。上のほうはまだ真っ白のままで、青い空からくっきり縁《ふち》取られていた。

「私ね、入道雲を見るといつも思うの」

「うん？」

「いつかおばあちゃんになってね、私が。それで、孫の手を引いて歩くのよ。その日はとっても暑くて」

そう言うと葵は一歩前に出た。両手を頭の後ろで組んでいる。

「シャーベットみたいなアイスを買って食べるんだけど、溶けて孫は手がベトベトになっちゃうの。その手をね、小さい小さい手を握って、入道雲に向かって歩くんだ」

隆治はなんと答えていいかわからず、黙って聞いていた。

「こういうの、どう？」

「……なんていうか、熱中症に気をつけてほしい、って思うよ」

葵は大きく息を吐いた。

「先生さ、なんなのよそれは。情緒のかけらもないんだから。ま、先生らしいけど」

そう言うと笑った。

隆治は頭をかきながら、ふと思い出した。

「そう言えば、お願いごとってなに？」

と同時に、電車が轟音《ごうおん》を立ててホームに入ってきた。風に吹かれて目にかかった前髪を直しながら、葵が隆治のほうへ振り返った。

「…………」

なにかを言ったが、電車の音で隆治には聞こえなかった。

——もし？　私が？

「なんて言ったの？」

大声で尋ねるが、葵は笑ったまま答えない。

電車は二人の前で停まり、ドアが開いた。

それほど混んでいない車内は、八人がけの椅子が向かい合わせに並ぶタイプで、たまたま二人分の席が空いていた。

「ラッキー」

葵は大急ぎで座った。つられて隆治も座った。

「なんか疲れちゃった」

ボウリングをしてお昼を食べたあと、ビリヤード、そしてショッピングと歩き通しで疲れていたのだ。考えてみればトンカツ屋以来座っていない。

電車が動き始めた。

向かいにはいろんな人が座っている。くたびれた帽子をかぶり、膝の抜けたジーンズをはいた姿勢の悪い若い男。ＫＩＮＯＫＵＮＩＹＡと書かれた袋を前に抱えた、眼鏡の太った中年女性。ミニスカートに高いヒール、派手なピンク色のネイルをした黒髪ストレートの女性。

二人は向かい側に座る乗客たちを見るともなしに見ていた。先程の話を続けたい気がしたが、葵がなにも言わなかったので、隆治も黙っていた。

電車は夕陽に包まれた下町をするするとくぐり抜けて行く。遊び疲れた人たちを乗せ、あるいはいまから遊びに行く人たちを乗せて。

――もしこの人たちが病気になったら、牛ノ町病院に来るのかな。

そんなことを考えていたら、隆治は右肩になにかを感じた。

見ると、葵の頭が隆治の肩にもたれている。小さな寝息も聞こえる。

――えっ、これはさすがにまずい……。

隆治は左手でそっと葵の頭を持ち上げてまっすぐにした。力の抜けている葵の頭はそのまままっすぐになり、後ろにかくんと倒れた。どうやら起きなかったようだ。

――良かった。

そう思ったとき、隆治は絡みつく視線を感じた。見渡すが誰も隆治たちを見ている気配はない。電車は減速している。

――なんだ、これ?

電車が駅に着き、扉が開いた。その瞬間、こちらを見ている女が目に飛び込んできた。はるかだった。

――えっ!

はるかは瞬きをせず隆治を見ていた。隆治を見ているのか、その奥のシートを見ているのかわからないような目だった。

隆治は驚き、なにか声を上げようとしたが、はるかはすぐに前を向くと電車を降りてしまった。

――ちょっと!

隆治はなにか言いたかったが、葵が隣で深く眠っている。

あっという間に扉は閉まり、電車は発車してしまった。心臓の鼓動が速まるのを感じる。

――一体、いつから見ていたんだろう……。困った……。

葵がもたれかかっていたシーンだったらまずい、と隆治は思った。よく考えれば、はるかは葵の顔を知らない。さらには、企画した凜子がたまたま来られなくなった事情ももちろん知らない。

ということは、はるかにしてみれば、彼氏が知らない女と二人で電車に乗っていたことになる。しかも、喧嘩をして以来二カ月も連絡が途絶えている彼氏が、だ。はるかはどう思うだろうか。

――どう考えてもアウト、なのかな……。

隆治の向かいの若い男が貧乏ゆすりを始めた。隣の中年女性はちらちらその足を見ている。ミニスカートの女性は、大きな鏡をバッグから出すと目の辺りを指でいじりだした。

これにはいろんなわけがある。だからちゃんと説明したい、と隆治は思った。

それでも、「もしかしたらそれは叶わないのではないか」という直感が隆治の頭に降ってきた。説明ができないことはおろか、はるかに会うことすらないのではないか。もう二度と。

なぜかはわからない。しかし、その直感は当たるような気がした。

隣の葵はそのままの姿勢で、ずっと寝ていた。寝息が一定のリズムを保っている。

電車は時折軋《きし》む音を立てながら、二人を乗せて下町を走り続けた。

Part 3　雨音

六月に入り、東京下町は雨の日が少しずつ多くなってきた。

雨の日には、隆治はどうにも体が重く感じられる。朝起きるともう、手術を一件終えたような疲労感があるのだ。医局で着替えていると肩は回りにくく背中は突っ張っていて、腕はくたびれている。大学生の頃はそんなふうに感じたことはなかった。

——歳かな、俺。

そんなことを考えながら医局で白衣をはおる。朝六時半の医局には、隆治の他にはまだ誰もいない。いつもなら朝の日の光が大きな窓から入ってきて、医局は希望に溢《あふ》れたような雰囲気になるのだが、雨の日は否応なしにここが病院であることを思い知らされる。病院とは、悲しさ、苦しさが集まる場所なのだ。元気で幸せな人はここには一人もいない。働く医者たちは病気とは無縁なはずだが、それでも陰気さに覆われてしまう。

「おはようございますぅ。今日は早いですぅ、先生」

医局を出ようとしたところで凜子が入ってきた。

ここに一人だけ、どんよりとした雰囲気と無縁の人がいる。くるくるに巻いた茶色い髪を両側にゆるくおろし、疲れを感じさせない薄い桃色のメイクに整った顔。少し垂れた目は、見るものの警戒心を簡単に解いてしまう。梅雨にあっても、凜子は変わらず快活そのものだった。

「おはよ」

「あれぇ、先生なんか疲れちゃってません？」

隆治の顔を覗き込む。毎日会っていると、ほんの少しの変化も伝わってしまう。

「疲れてないよ、元気元気」

「それならいいんですぅ。着替えてすぐ行きますねっ！」

隆治は病棟へ行くと、電子カルテの温度板で患者のデータを一通りチェックした。この時期は健診の合間だからか、毎年入院患者が少なくなる。

——回診も一瞬だな。

すると凜子が現れた。ピンクのスクラブの上に、水色のラインが入ったなにやらお洒落《しやれ》な白衣を着ている。

「あれぇ、先生もう温度板見ちゃいましたぁ？　ちょっと待ってください、いまざっと見ちゃいますぅ」

そう言うと顔に似合わぬ高速タイピングで電子カルテにログインした。

それから一通り患者のもとを回り終わると、廊下で凜子が真顔で言った。

「でも先生、本当に疲れてません？　今日はゆっくりしててください、手術もありませんし」

「ああ、ありがとう。そうだね、医局でゆっくりさせてもらうわ」

今日は会議もない日だから急がなくてもいいのに、八時前に仕事が終わってしまった。

ナースステーションに入っていった凜子と別れ、隆治は医局へと歩いた。

体が重い本当の理由は、自分ではわかっている。

はるかのことだ。


葵と二人でボウリングに行った日の夕方、電車ではるかに見られてしまった。その後散々迷った挙げ句、はるかには一度メールをしたのだった。メールには、葵はもともと救急患者ではるかにも以前ちょっと話したことがあること、一緒に富士山に行ったこと、そして今回は凜子が（「職場の後輩医師が」とは書いたが）企画したものだったが急遽《きゅうきょ》来られなくなり、やむなく二人になってしまったこと。そして、それを伝えていなかったことを詫《わ》びた。

隆治は返事を待った。毎日朝起きてはメールをチェックし、昼にチェックし、夜仕事が終わってからチェックした。寝る前にも必ず確認した。一週間、二週間待っても返事は来ない。三週目が終わろうという頃、我慢できずにもう一度メールを送ったのだった。

「とにかく一度、会って話がしたい。これまでのいろんなことを説明したいし、謝りたい」

それだけ書いた。もう返事が来ないかもしれないとも思ったが、また待つ日々が始まった。

そうして昨日、ついに返事が来たのだった。

「話なんて聞きたくないけど、一度だけなら会う」

メッセージはそれだけだった。一度だけ、がどういう意味なのか隆治にはうすうす見当がついている。しかし、会わないわけにはいかない。そして週末に会うことになったのだった。会わねばならないが、気が重い。

考えていると、院内PHSが鳴った。

「はい、雨野です」

「おお雨野、俺だよ、遠藤だけど」

「あれ、どうしたの？」

こんな朝から来る消化器内科医の電話は、なにか患者の緊急に違いない。

「いやいま当直なんだけどさ、さっきお前の患者が来たんだ。上田さんって大腸癌の人。もしかしたら穿孔してるかも」

早口で言われたので、一瞬なんのことかわからない。

「え？　うん、まあ見にいくわ。救急外来《きゆうがい》だよな？」

「うん、よろしく」

珍しく遠藤が冗談も言わず電話を切った。穿孔かもしれない、という遠藤の言葉がもう一度響く。

――なんだって？　穿孔？

隆治は急いで救急外来へと向かった。

＊

救急外来へ到着すると、遠藤が診察ブースAで電子カルテになにやら打ち込んでいる。朝の救急外来は混雑していて、当直中の研修医が忙しそうに動き回っていた。

「よ、朝から悪いな」

遠藤は隆治を見つけるとすぐに話しだそうとした。そこへ突然、ドアが開いた。入ってきたのはなんと佐藤だった。

「あれ、先生どうしたんです？」

「どうしたって、遠藤先生から電話もらったんだよ」

どうやら遠藤は佐藤にも電話をしていたらしい。

「佐藤先生、スミマセン朝から。さっき電話でお話しした七九歳の女性、どうも穿孔しているのではないかと思ったのですが」

言いながら遠藤はCT画像を電子カルテのモニターに映し出す。たしかに大腸の周りにエアーがあり、消化管穿孔を疑う所見だ。

「まあこんな感じなのですが、ちょっと問題がありまして」

「問題？」

佐藤がさっと言う。

「はい、オペが必要そうですなんて話を少ししたんですが、実は治療を完全に拒否していまして……ちゃんとした雰囲気の人ではあるんですが」

上田は前回の入院時も痛み止めだけをして、そのまま癌の治療はせずに退院したのだった。早晩、再び入院になるとは思われていた。

「雨野、どうなってんの」

佐藤の声は低い。

「ええ、前回入院のときも痛み止め以外はすべて拒否でして」

「このままだとまずそう、ですよね？」

遠藤が恐る恐る佐藤に尋ねる。

「うん、まあ四八時間以内に死ぬね《ステる》」

佐藤が答えた。

「とりあえず、診てみます」

隆治はそう言うと、上田のベッドサイドへと行った。

カーテンを開けると、そこには上田が横を向いたまま丸まっていた。白いシャツにピンク色のカーディガンを羽織っていて、後ろから見てもきちんとした身なりであることがわかる。首には青とオレンジのスカーフも巻いている。

「上田さん」

そう耳元まで顔を近づけ、肩を軽く叩く。

「はい。これは雨野先生、ありがとうございます」

驚いたようだが、隆治の顔を見て少し微笑《ほほえ》んだ。具合はよくないのだろうが、横になったままでも首を曲げて頭を下げる仕草をする。

「上田さん、お腹、痛みますか？」

隆治はゆっくり尋ねた。

「はい、痛《いと》うございます」

――まあまあ力のある声……。

後ろで立って見ていた佐藤が「ハラ」と言った。腹部を触診してみて、という意味だ。

しかしこのまま横向きではできない。

「仰向けになれますか」

「承知いたしました」

上田はそう丁寧に答えると、顔をしかめつつ、ゆっくりと仰向けになった。体を動かすのも辛そうだ。

「ちょっとお腹、触りますよ」

そう言うと隆治は上田のお腹を触った。

「あいたっ！」

上田は目をつぶったまま顔をしかめたが、すぐに「失礼いたしました」と付け加えた。

少し触ってすぐ、腹膜刺激症状があることがわかった。やはり大腸に穴が開いている。

「汎発性腹膜炎《パンペリ》ですね」

「そうだな」

そんな隆治と佐藤のやりとりを後ろで聞いていた遠藤に、看護師が「先生、救急車来てます」と声をかけた。

「すいません、あとおまかせしちゃっていいですか？」

「あっはい、あと全部診とくよ」

隆治が答えると、じゃお願いします、と一礼して遠藤は初療室のほうに行ってしまった。

看護師が近くを通ったので、

「痛み止め、アセリオ、一〇〇〇ミリグラムで入れてもらえますか」

と伝えた。

隆治は近くの電子カルテを開くと、採血とCT画像をもう一度確認した。佐藤は後ろで立って見ている。

「どう？」

佐藤は隆治の所見を求めているのだろう。

「はい、腫瘍で閉塞したあたりの直腸穿孔による汎発性腹膜炎《パンペリ》でいいと思います。まだそれほど発症から時間が経っていないようですね、腹水もたいしたことありませんし」

「遠隔は？」

「ええと、遠隔転移はありませんね。腹壁への浸潤はありそうですが……」

「うん。で、身寄りはなくて、治療拒否なんだっけ」

隆治は再び横向きになってしまった上田に話しかけた。若い看護師が来て、鎮痛剤のバッグを点滴につないだ。

「上田さん、お腹が大変なことになっていて、手術が必要です」

「………」

「前からあった腫瘍が大きくなり、大腸がつまってしまっています。そのせいで、腸に穴が開いてしまってるんです」

上田は黙っていたが、口を開いた。

「さようでございますか」

「はい」

上田は目をつぶった。

「いますぐ手術をやらないと」

隆治は言葉を選んだ。

「危ないと思います」

しばらく黙っていた上田はゆっくり目を開けると、隆治の目を見た。

「先生、手術は受けません」

「…………」

丁寧な口調だが、芯のある声だ。

「でも、お腹は痛みますよね？」

「ええ、痛《いと》うございます」

「ちょっとご病状を説明しますと、いま上田さんの大腸に穴が開き、そこからうんちが漏れてしまいお腹全体に広がろうとしているのです。そうなると腹膜炎という状態になり、命に関わってしまいます」

隆治は早口で一気に言った。上田の表情は変わらない。

「つまり」

反応がないため、隆治は焦った。

「手術が必要なんです」

「ご丁寧に、ありがとうございます、雨野先生」

上田は力なく笑った。

「それでも、私は手術を受けないと決めております」

——ううむ……どうしよう。

後ろで立って聞いている佐藤は、黙ったままだ。なにか口を出してきそうな気配も感じない。仕方なく、隆治は話を変えてみることにした。

「上田さん、以前も伺った、ご家族のことですけれども」

「家族はおりません」

ぴしゃりとした言い方だった。

「ええと、旦那さんは」

「おりません」

「ごきょうだいは？」

「おりません」

上田の答えは隆治の予想通りだった。身寄りなしという話は、二回の入院で隆治も把握していた。何度聞いても同じだ。看護師の吉川も、「家族はいないみたい」と言っていたのだ。

佐藤のほうを振り返ると、いつの間にか戻ってきた遠藤がなにやら小声で佐藤に話しかけている。どうやら他の救急患者について相談しているらしい。

「佐藤先生」

声をかけると、

「ごめん、ちょっとあっち診てくるから、話、進めてて。手術室《オペ》とか麻酔科とかの連絡も」

そう言って、遠藤と初療室のほうへ行ってしまった。

――マジか……。

頼みの綱の佐藤が行ってしまった。

隆治はなんとなくあたりを見回した。

朝の救急外来はざわざわと騒がしい。ベッドに横になる患者が数人。中年の看護師が処置台を押す、がらがらという音。早足で歩く研修医。初療室のすぐ外には青い服の救急隊員が背筋を伸ばして立っている。そして、Tシャツにマスク姿の自分。

どこからどう見ても平和な朝の平和な救急外来だ、と隆治は思った。そう、目の前の手術拒否さえなければ――。


――待てよ。

隆治は思った。手術をしないという選択肢もあるのだろうか。しかし、手術をしないとこの患者が死ぬのは確実だ。いや、本当にそうだろうか。手術をせず抗生剤で引っ張って、なんとかならないだろうか。

隆治は目の前の上田を見た。整った身なりに、品のある顔。きれいに化粧もしている。

――いや、絶対ムリだ……。

説得をする、それ以外の選択肢はない。そう思った隆治の頭には、ふと先日医局で目にした医者向け雑誌の記事が思い浮かんだ。

その記事は医療訴訟を扱ったもので、解説する弁護士は「治療をしなければ死亡すると考えられる患者には、治療を受けるよう繰り返し説得する義務が医者にある。過去の判例からは、一度の説得では十分な説得をしたとは認定されず、説明義務違反などに問われる可能性もある」とコメントしていた。

――いや、そんなんじゃない。人の命だ。訴訟なんて関係ない……。

隆治は目をつぶり頭を振った。

「先生」

上田が急に話しかけてきた。

「悩ませてしまって、本当に申し訳ありません」

上田は隆治の目を見ながら続けた。

「わたくしはわたくしの体のことはよくわかっています。退院したあとはだんだん食欲がなくなって、お肌がかさかさするようになって、どれだけ乳液を染み込ませても乾いたわ」

「乳液……」

「そう、乳液。おかしいでしょう、こんなおばあさんが」

ふふ、と上田は笑った。

「あ、いえ、そんな」

「体重も減ってしまいまして、ああ、もうすぐ死ぬのか、とわたし、ホッとしたのですよ」

——ホッとした？

隆治の顔色が変わった。

「上田さん……あの、誰かに相談とかしたのですか？」

「いいえ。先程申し上げたように、私には身寄りもおりませんゆえ」

「ご親戚は？」

「いいえ、おりません」

「近所の方とか……お友達とか……」

上田は目をつぶると、やさしく首を振って言った。

「雨野隆治先生」

上田はたしかめるようにゆっくりと言った。まるで人の名前を呼ぶのが久しぶりであるかのような言い方だった。

「本当に申し訳ありません。わたくしが救急車などお願いしたばっかりに」

「いえ……ちょっとお待ちください」

立ったまま話していた隆治はベッドサイドにあった茶色のパイプ椅子を出すと腰掛けた。

なんとしても説得しなければならない。そしてあまり時間的余裕もない。腹膜炎は、一秒でも早くお腹を開けて手術しなければ死亡する可能性がどんどん上がってしまうのだ。特に直腸に穴が開いた場合は。

——どうすれば……。

「上田さん、よく聞いてください」

隆治は上田の目をまっすぐに見て続けた。

「上田さんはいまお腹が痛くて救急車を呼んだのですよね。その痛みを和らげるには、手術しかないんです。手術しか、根本的には治らないんです」

そう言ってしまってから、隆治はしまった、と思った。穴が開いている癌は、根本的に治すことが難しいのだ。

「ありがとうございます、先生」

ふう、と一息ついてから上田は話し始めた。

「それでも、手術を受けるつもりはございません」

上田の目は真剣だ。

——マジか……どうすりゃいいんだ……。

隆治は誰かに助けを求めたかったが、佐藤はあちらで別の救急患者を診ているようで、姿が見えない。

「困ったな……」

小さい声で隆治は言った。

「先生、ごめんなさいね」

上田に聞こえてしまっていたようだった。

「上田さん、もう一度言いますが、いま、命に関わる状況です。手術を受けなければ、あなたは……」

この続きは、できれば言いたくない。

「……亡くなってしまう」

言ったあと、隆治は上田から目を逸《そ》らした。

しばらくのあいだ、二人は黙っていた。


「先生」

口火を切ったのは上田だった。優しい目で、隆治を見ながら言った。

「雨野先生、わたくしは、何十年もずっと一人で生きてきました。雨の日も、晴れの日も、曇りの日も、ずっとです。結婚もしたことはございませんし、親きょうだいもおりません。頼るべき親戚も、友人もおりません。役所の人がうまくしてくれて、生活だけはどうにかできているような人間でございます」

隆治は、上田の目をじっと見ていた。

「古くて狭いアパートを出て一〇分くらい歩くと、三角の形をした小さな公園がありま
す。晴れた日にはそこに鳥たちが来ます。わたくしは週にいっぺんだけ、鳥に溜めてお
いたパンくずをやるのです。鳥は嬉しそうにしています」

上田は目をつぶって続けた。

「ちゅんちゅん、ちゅんちゅんって、嬉しそうにするのです。その日だけを楽しみにし
て、私は生活しているのですよ」

目をつぶったまま、上田はうっすら笑顔になった。

「誰とも話すことはありません。朝起きて、夜寝るだけです」

「……そうですか。ご近所さんは？」

「お付き合いはございません。会うこともほとんどございませんので」

「どうして」

隆治は勇気を出して尋ねた。

「どなたとも交流がないのですか」

少し考えてから、上田は話し続けた。

「孤独のなかで、わたくしは生きています」

——なにがあったのだろう……。

上田は目を開け、隆治を見た。

「ええと」

上田は隆治の言葉を遮《さえぎ》った。

「雨野先生は、まだお若くて、肌もお綺麗で、これからたくさん素晴らしいことがあるのでしょう。ですが、わたくしはただ生きているだけ。まるで空き箱のように、ただものを入れて、出しているだけなのです」

それだけ言うと、一息吐いて続けた。

「傷んだ箱は、捨てなければ」

「上田さん。そんなこと言わないでください」

そう言ってから、隆治には別の考えが頭をもたげた。

これは、自分が聞きたくないだけなのではないか。そういう孤独を、知りたくないからではないか。

「いいえ、先生。わたくしの人生は、なかなかわたくしから離れてくれなくて……。やっと、終われる。そう思って、このごろ過ごしていたのです。それなのに、どうしても痛みが辛くて……本当にごめんなさいね」

「上田さん」

そうは言ったものの、続ける言葉がない。「人生がわたくしから離れる」とは、どういうことなのだろう。

「そんなわけですから、ほんのちょっとだけ、痛み止めをください。あとは、放っておいていただけますか、先生」

上田はそれだけ言うと、静かに目をつぶった。

「上田さん……」


取り付く島もない。隆治は上田を見た。

目の前の、この老いた上品な女性は、いまその命を静かに終えようとしている。そこに、強引に割って入っていくのが自分の役割なのだろうか。それが、医者の正しいやり方なのだろうか。

隆治は思った。

命とは、なんなのだろうか。上田さんの命は、上田さんのものだ。しかし、目の前で終わろうとする命を、長らえさせる術《すべ》を持っている自分がここにいる。長らえさせることだけが正義で、真実に違いない。疑ったことはなかった。しかし、上田さんは、そんなことは全く望んでいない。

時間はない。どうすればいいのだ。

隆治は焦っていた。

「上田さん。僕は鹿児島で生まれ育って、六年前に初めて東京に来ました」

自分の口をついて出た言葉に、隆治は驚いていた。

上田は目を開けると、隆治をじっと見ている。

「それで、研修医の頃から医者の修業をして、外科医になって、ちょっとずつ知識とかが増えて。後輩ができて、後輩に教えながらやったりして」

上田は真面目な顔で聞いている。

「……僕は昔、小さい頃に兄を亡くしました。食事のアレルギーで、アナフィラキシーショックというやつになったんです。目の前で泡を吹いて倒れた兄に、僕はなにもできなかった。いまでも悔しい気持ちでいっぱいです」

——俺は、なにを言ってるんだろう。

「そして三年前、父を亡くしました。実家の父を。癌でした」

上田はうなずいた。

「僕は医者だったのに、ぜんぜん実家に帰ってあげられなくて、きっと寂しかったと思います。あっという間に父は死んじゃいました。いまでも夜寝る前、父の棺《ひつぎ》に釘を打つ音が聞こえることがあります」

隆治は袖で目を拭い、続けた。

「そのとき思ったんです、生きていなければ、とにかく人間は生きていなければって。だから」

上田は目をつぶっている。

「上田さんにも生きる選択をしてほしい、心からそう思うんです」

言いながら、理屈が通らず、なんの説得力もないのはわかっていた。それでも、自分の話をするほかなかった。

「僕は真剣です。まだ駆け出しですけど、真剣勝負で医者をやっています。今日も朝六時半から患者さんを診ていました。遠藤先生に電話をもらって、大急ぎで来たんです。僕は真剣です」

隆治は咳払いをすると続けた。汗が頬をつたった。

「上田さん」

上田はしばらく黙って天井を見つめていた。

救急外来の看護師がちらとカーテンの隙間から覗くと、声もかけず離れていった。

隆治は黙って待った。


「わかりました、先生にだけお話しいたします。その代わり、いまから聞くことはすべて忘れていただけますか」

隆治はうなずいた。口の中はからからに乾いていた。

「これは、誰にも、話したことが、ないこと……」

上田は緊張しているようだったが、痛み止めは効いてきているようであった。

「わたくしは昔、愛する人がおりました」

隆治は相槌を打とうかと思ったが、なにも言わず続きを待った。

「その方は、別に家庭を持っているお方で、わたくしは道ならぬ恋をしてしまっていたのです」

——不倫……。

「そして、わたくしはその方の子を身ごもりました。小さくて、温かい、本当にかわいい赤ちゃんを……わたくしは一生懸命育てました。一人でしたから大変でしたけど、全然辛くなかったのです。あの方の子供でしたから……」

上田は微笑み、続けた。

「しかし、わたくしはその子を誤って死なせてしまったのです。何日も寝ていないある日、ついうたた寝をしてしまったわたくしの脇から、赤子はハイハイをして抜け出て、ベランダから落ちてしまいました」

——転落事故か……そういえば乳幼児の死亡理由一位は「不慮の事故」だった……。

「それからというもの、私は泣いて暮らしました。何度も死のうとし、精神病院に担ぎ込まれました」

——抑うつ……自殺企図……。

「それでもどうしても死ねませんでした。悩みに悩んだわたくしは、死なずに、生きてこの一生涯を子の弔いに捧げようと決めたのです」

上田は胸の前で両手を組んだ。

「誰も愛さず、誰にも愛されず、ただ一人でその罪を和らげることなく引き受けようと……。少し間を置いてから小さなニュースになり、それを見たあの方から連絡が来ましたが、わたくしは返事をすることなく身を隠しました。あの方の家庭に迷惑をかけてはならない、そう考えました。私は人知れず東京に引っ越して来て、誰とも交わらずにこの五〇年を生きてきたのです」

——なんということを……。

「人の多い東京ならば、孤独が紛れると思いました。でも、違うのですね」

ふふ、と上田は笑った。

「人混みにいるときにこそ、私は孤独を強く感じました。それも、全身を何百本もの針で突き刺されるような、痛い孤独を」

——わかるような気がする……。

「本当に長い年月でした。私は誰とも交わらなかった。生きているのか、生きていないのかもよくわからなかった。ただ、毎朝起きては亡くなった子のために祈り、昼に祈り、夜寝る前に祈りました。でも、やっと、その償いを神様がよしと言ってくれているのかもしれません。そう思えば、この痛みさえ愛おしい」

——痛みさえ、愛おしい……。

「ですので先生、わたくしは、治療を望まないのです」

「わかりました……」

もはや説得する理由がない。

そう言うと、隆治は立ち上がった。

「ちょっといったん、離れますね」

「ええ、すみません、長話に付き合わせてしまって、雨野先生」


カーテンを閉めると、隆治は強く目をつぶり、左手で眉間をおさえた。

——どうすりゃいいんだ……。

しかし救命をするなら時間はない。迷っている暇はない。

隆治は初療室を覗いた。患者はいるが佐藤はいない。佐藤のＰＨＳに電話をかける。

ピリリリリ　ピリリリリ
三コール、四コールしても佐藤は出ない。

——頼む。出てください……。

結局、八回コールしたが佐藤は出なかった。なにか重症患者の処置でもしているのだろうか。

他に呼べる人はいない。もう自分で判断するしかなかった。

うろうろと救急外来を歩き回る。看護師は相変わらず忙しそうに歩き回っているが、隆治の様子をうかがうこともしない。

再び隆治は初療室を覗いた。いつの間にか患者はストレッチャーごといなくなっている。CT検査にでも行ったのだろうか。


隆治は自動ドアを開け、初療室から外に出た。いつの間にか雨は上がり、日が照っている。六月後半だというのにまるで真夏のような強い陽射しが眩しい。隆治は目を細めた。アスファルトの照り返しも強い。朝だというのに、むっとした熱気が隆治を包んだ。これからまだ暑くなりそうだ。

そのとき、隆治は向こうに一匹の猫がいるのに気がついた。救急車が停まるスペースの、ひさしが影を作るところに寝そべっている、小さな黒猫だった。黒猫は隆治に気がつくと、にゃあ、と声を出した。

喉が渇いているのだろうか。それとも腹が減っているのだろうか。

隆治が見ていると、黒猫は大きなあくびをした。

――ずいぶん人に慣れた猫だな……。

黒猫は、ゆっくりと二、三回まばたきをし、もう一度、にゃあと鳴くと隆治を見た。

黒猫と目が合う。こんなところを誰かに見られたらとも思ったが、誰が見ているわけでもない。後ろのドアは閉まっている。救急車が来なければ、救急外来の初療室へのドアは開かないのだ。

黒猫はじっと隆治を見ている。

しばらくそうしているうちに、隆治はまるで猫が自分になにか言おうとしているように思えてきた。

――なんなんだ、君は……。

黒猫の瞳が、隆治の目をとらえて放さない。

そしてもう一度、にゃあ、と鳴いた。

――なんだよ、なにが言いたいんだ……。

そう思った次の瞬間、フガフガ、と変な声を出して、大きくあくびをすると目をつぶった。

――眠そうだな……。

数秒すると、スースーという寝息が聞こえてきた。黒猫は寝てしまったようだった。

ずいぶん自由な猫だ。目が合っても動じず、鳴くだけ鳴いて、眠くなったら寝てしまった。

待てよ、と隆治は思った。

何回か鳴いて、あくびをして、眠くなったら寝た猫。

動物なのだから当たり前といえば当たり前だが、鳴きたいときに鳴き、寝たいときに寝る。すやすやと眠る黒猫の、優しい弧を描く背中が、呼吸に合わせゆっくりと上下する。ぴんと伸びたひげが、わずかに風に揺れる。


猫はこうして自然の一部として生きている。人間もこの自然の一部で、やっぱりあるがままに生きる、そしてあるがままに死ぬ。

自分がいまやっている上田への説得は、この自然との決別であり、大きな流れに逆らおうとしていることなのではないか。

普段なら思いつきもしないこんな考えが、いまは隆治の頭を支配していた。もちろん、残りの頭では「ただたまたま猫がいて、眠そうにしていて眠っただけ」ということはわかっている。しかし、どうしても偶然とは考えたくない自分がいる。

——これは逃げているだけなのか？

そうも思ったが、とはいえ、いまここでは白黒どちらかに結論を出さなければならないのだ。

隆治は、一つ大きな伸びをすると自動ドアから救急外来に入っていった。黒猫は変わらずすやすやと眠っていた。

＊

隆治は上田のベッドサイドにまっすぐ行った。

「上田さん、痛みはいかがですか」

一〇分ほども離れていただろうか。

「ええ、ちょっと楽になったみたいです」

高齢者だと、ひどい腹膜炎でも痛みがそれほど表現されないことがある。上田もそうなのかもしれなかった。痛み止めが効いてきたのもあるだろう。いずれにせよ、痛みがそこまでひどくないのはありがたかった。普通、腸に穴が開いた腹膜炎だと、しゃべるのもやっとというくらいの腹痛が患者を襲い続ける。

「上田さん」

「はい」

隆治は再び茶色いパイプ椅子に座ると、話し始めた。

「手術はやめておきましょう」

「え？」

上田は、自分でそう希望している割には驚いたようだった。

「その代わり、入院してもらって痛み止めをたくさん使います」

「雨野先生……」

上田は微笑んだ。

「ありがとうございます。……本当に、ありがとうございます」

「いえ。でも、これから痛みが強くなることが予想されます。ですので点滴から痛み止めを持続的に入れましょう。痛み止めの種類は、僕にまかせてもらえませんか」

「……わかりました。雨野先生にお任せいたします」

「では、もろもろ準備いたしますので」

そう言うと、隆治は立ち上がってカーテンを閉めようとした。

「雨野先生」

上田が声をかけた。

「ご迷惑をおかけし、申し訳ありません。私のお看取り、よろしくお願いいたします」

――私のお看取り……。

覚悟はしていたつもりだった。が、隆治はその単語を聞くと胸をズシンと丸太で突かれたような痛みを覚えた。

顔には出さず、

「わかりました」

とだけ言ってカーテンを閉めた。笑顔は、つくれなかった。

救急外来の看護師に上田の緊急入院を伝え、あちこちの病棟に電話をしてようやく部屋が決まったところで、隆治は救急外来の電子カルテで上田の点滴を入力していた。

――入れる水は極力少なく、麻薬をこれくらいで始めて……。

点滴と鎮痛剤の麻薬を入力していて、「日数」を入れるところで隆治の手が止まった。

――何日……何日生きるんだろう、上田さんは……。

あまり考えたくない。が、手が勝手に三日と入力している。これはつまり、「医学的に三日分オーダーしておけば十分」と判断していることになる。そしてそれは、三日以内に死亡するという意味だった。

一通りオーダーを終えてから、隆治は再び上田のベッドサイドに行った。

「上田さん、ではもうすぐ病棟に行きますので。痛み止めはたくさん入れていますが、痛いときはすぐ看護師に伝えてください。どんどん増やせるようにしています」

「わかりました」

隆治は救急外来を離れると、医局へ向かった。

――これでいい。これでいいんだ。

歩いていたら佐藤から電話が来た。やはり交通事故患者に対応していたようだった。上田のことを報告すると、「うん、いいんじゃない」という返事だけだった。

隆治はその日、病院に泊まった。

*

土曜日の朝六時、隆治は病院にいた。泊まり込みも三日目になると疲れがたまってくる。医局のソファに沈んだ重い体を起こし、よれた白衣をひっかけると、医局から病棟へと向かった。どうしても行かなければならないベッドサイドがある。

個室のドアを開け、声をかける。

「上田さん、おはようございます」

そう言うが、返事はない。

目をつぶったままの上田の眉間の皺は、いくらか緩んだようであった。看護師が整えたのだろう、白く細い髪は真ん中で分けられている。隆治は上田のいる個室のカーテンを開けた。窓ガラスに当たる小さな水滴が雨音となって、部屋を静寂が包む。

昨夜三時頃のことだった。

「上田さんの腹の痛みが強くなり、雨野先生を呼んでいる」というナースからのコールがあった。病室にかけつけた隆治は迷わず痛み止めを倍量に増やしたのだ。持続静注《じぞくじょうちゅう》という、じわじわとずっと注射して血管の中に薬を入れ続ける方法で、医療用麻薬のフェンタニルを入れていた。初めはかなり痛みが抑えられていたが、痛みが徐々に強くなり、その度に増やしていった。そして昨夜、倍量にしたのだ。いつ息が止まってもおかしくはない。

隆治は昨夜の上田の顔を思い出していた。痛みで苦しそうなのだが、かすかに目元には微笑みを浮かべているようにも見えた。鎮痛剤を倍量にすること、おそらく意識はなくなることを伝えると上田はベッドの上で隆治に頭を下げた。そして言った「先生、ありがとうございます」は、まるでこれから退院する患者ではないかと錯覚するほどの爽やかな声だったのだ。

痛み止めの量を増やしてから、隆治は夜のうちに上田の心臓が止まる可能性も考えていた。それで、医局のソファで仮眠を取っていたのだ。何度、PHSの鳴る音が幻聴で聞こえたかわからない。五、六回は起き、そして朝六時には起きてしまったのだった。

病室に置かれたモニターを見ると、上田の脈拍数は四〇回となっていた。

――だいぶ下がってきたな。それにしても、苦しくなさそうだ。

昨夜、量を増やしたことで、上田の苦痛はほぼなくなっているようだ。早く増量すれば良かったかもしれない、と隆治は思った。

部屋を出ると、ナースステーションには夜勤明けの吉川がいた。少し顔がてかってはいるものの、それほど疲れは見えない。夜勤のときはいつも吉川はズボン型のナース服だ。

「あら先生、早いじゃない。こんな土曜日なのに……あ、そうか」

隆治のモニターに向かう目線で納得したようだった。上田の血圧や脈拍数を表示しているモニターは、ナースステーションにもある。

そのときだった。

リリリリン　リリリリン
モニターからアラームが鳴った。

――来たか。

体は自然と上田の病室のほうへ歩き始める。ちらと横目で見たモニターの、心臓の電気信号を示す波形は乱れていた。

「先生」

振り返ると後ろから吉川もついてくる。まだ夜勤帯の時間だ、病棟の看護師も三人しかおらず、採血などで忙しいタイミングだろう。

病室へ入ると、病室用の小さいモニターも同じアラーム音を出している。波形はほとんど横一直線になり、心臓が止まっていることを告げている。

上田は、もうとっくに生気を失っていた。掛け布団をかけてベッドに横たわっているのは、もともと上田だった、いまはただの肉体であった。隆治の横では、吉川が呆然《ぼうぜん》と立っている。

「上田さん」

隆治は自然と口にしていた。

「上田さん」

声をかけても、そこにいるのはもう上田ではない。それでも隆治は上田に声をかけずにはいられなかった。

「上田さん!」

隆治はしばらく、アラーム音の鳴り響くその部屋で上田を呼び続けていた。


エンゼルケアと呼ばれる、ナースによる死後の処置や化粧が終わり、隆治は吉川に呼ばれ上田の病室へ入った。

ほんのりと色づいた頰に、もともと持っていた薄いクリーム色のシャツを着て、両手を胸で組む上田は、昨夜の彼女とはまったく別人のように見えた。

――いつもながら、エンゼルケアはすごいな。

唇にわずかに差した紅で、上田はさきほどまで失われていた生気を取り戻していた。見ていると、いまにも目をあけて「あら雨野先生、ありがとうございます」と言いそうだ。しかし上田は死んでいる。二度と生き返ることはない。この世に、再び存在することは未来永劫《えいごう》ないのだ。隆治は思った。

上田の人生はどのようなものだったのだろうか。道ならぬ恋をし、宿った宝のような赤子を死なせ、贖罪《しょくざい》を続けた五〇年もの年月で、彼女はなにを学び、なにを得たのだろうか。人付き合いを拒否し、ただひたすら赤子のために祈った年月。

それでも、生きていたほうが良かったのではないか、と隆治は思う。いかなる事情があろうとも患者が生を手放すことに拒否感を持つのは、医者の傲慢なのか。それとも職業倫理なのだろうか。

隆治にはまだわからない。部屋を出ると、重い足を引きずるように医局に向かっていった。

*

その日は、三歩前が見えづらいほどの大雨だった。上野公園の西郷隆盛像のすぐ上で、隆治は一人ビニール傘をさして立っていた。コンバースの白いスニーカーに合わせたジーンズの裾は、雨に濡れたところが変色し、白いTシャツの肩もぐっしょりと濡れている。降りしきる雨だけでなく、アスファルトの地面に跳ね返る雨滴と時々吹く強い風のせいで、傘は役に立たない。

いつもの土日にはこの広いスペースは多くの人で賑わうが、これほど大雨の今日はほとんど人影がなかった。

──なんでこんなところを待ち合わせ場所にしたんだろう……。

もともと上野で、とは言われていたのだが、今朝になってはるかがメールでこの場所を指定してきたのだ。この雨の中というのはわかっていたはずだ。話の行く末を予想して、こんなどしゃ降りの日にわざわざ屋外を指定したのだろうか。

目の前にあるはずの西郷隆盛像の背中も、シルエットしか見えない。周りを見回すと、黒い上下のジャンパー姿の男性が急いで歩いているのが見える。傘に打ち付ける雨の音が絶え間なく続く。

不意に気配がして振り向くと、なんといつの間にかはるかが立っていた。ベージュの傘の中のはるかは、深い緑のワンピースに足元は黒いレインブーツというかっこうだった。はるかは隆治の足元を見ている。

「お、おつかれ」

口から出た変な言葉をごまかすように、隆治は続けた。

「雨、大丈夫だった？」

これほどの大雨で、大丈夫なわけがない。

「………」

はるかの声は、雨の音に紛れてよく聞こえない。

「え？」

「うん、って言ったの。そんな話、どうでもいいでしょ」

「ごめん」

「ねえアメちゃん、いろいろ言いたいことあるけど」

　はるかが声を張った。

「なんにも言わず、ここで別れましょ」

　別れ、という単語がまっすぐに隆治の胸を刺す。

　隆治は黙っていた。雨音だけが聞こえていた。少しの間をおいて、隆治は絞り出すように言った。

「うん」

　はるかは笑った。その顔は、笑顔というよりは泣き顔のようであった。

　雨足はますます強まっている。

「アメちゃん」

「うん？」

「私のこと」

「ん？」

はるかは大きな声を出した。

「……私のこと、好きだった？」

「えっ！」

意外な問いかけに、思わず言葉が止まってしまう。

「いいのよ」

はるかは続けた。

「私は好きだったから」

「…………」

はるかが一歩、隆治の目を見つめたままゆっくりと後ずさりをする。そしてもう一歩。

「次に会うときは」

また後ずさりをする。

「私のこと……」

「えっ？」

いっそう強まる雨が傘を叩く音で、聞こえない。

「え？　なんだって？」

隆治は叫ぶように尋ねた。

「なんでもなーい！」

はるかも叫ぶ。

「さよならー！」

そう言うと、はるかはくるりと向きを変え、上野駅のほうへ歩き出した。

——なんて言ったんだ？

隆治は猛烈に、追いかけたい衝動にかられた。

——でも、ダメだ。

腰を折ると、膝を右手でぐっと握る。いまにも動き出しそうな足を、制止する。

「さよなら」

隆治は小さい声で言った。

「こんなにあっさり終わるんだ」

誰に言うでもない。独り言ですらない。

雨の中で小さくなっていくはるかの後ろ姿を見ながら、隆治はちぎれそうな胸をどうにかおさえていた。

——もう、終わりなんだ。もう……。

はるかが階段を降りていく。傘が見えなくなった。

隆治はしばらくその場で立ち尽くしていた。

＊

七月になると、東京下町でも雨の日は減って、代わりに暑い日が増えてきた。隆治は白衣を半袖のものに変えた。

「ですから、どなたかお越しいただかないと」

「そう言われても、何度も言っているじゃないですか、みな忙しいんです」

大部屋の窓側のベッドサイドで、早朝から隆治は黄色いサテン地に小さい虎がたくさんプリントされたパジャマ姿の下澤と話していた。下澤は昨日、緊急入院したのだった。

下澤は四月の入院時に腸閉塞となり、ステントの隙間から増大した腫瘍のせいでつまっていた腸は、大腸内視鏡でのレーザー焼灼《しょうしゃく》ともう一度ステントを入れる治療でなんとか開通していた。が、そのとき同時にかなりのスピードで大きくなっていた肝臓と肺への転移は、無治療ということになっていたのだった。四月の時点で肝臓は八割ほどが腫瘍に占拠されていた。腫瘍の増大スピードから考えると、そろそろ肝不全になってしまってもおかしくない。事実、昨日の採血検査の結果では肝臓の数値がかなり悪くなってしまっていた。このままでは数日以内に肝性脳症《かんせいのうしょう》という、毒素のアンモニアが体中にめぐって意識が悪くなる状態に陥ってしまう。隆治は焦っていた。

「下澤さん、旦那さんと娘さん、息子さんがいらっしゃるんですよね？」

看護師の記録にはそうあった。

「ええ」

「どなたか、来ていただけないものでしょうか？」

「だから、話なら私が聞くって言ってるじゃないの」

「しかし……」

隆治は口ごもった。

――あなたはもうすぐ意識がなくなり、数週間のうちに亡くなります、なんて言えないしな……。

「どなたか」

「しつこいっ！　なんなのアンタ！」

目を吊りあげる下澤を見て、隆治はあきらめた。

「わかりました、では夕方あらためて病状を説明しますので」

そう言うと病室を出た。

その日の手術が終わり、回診が終わったのは結局夕方六時を過ぎた頃だった。

「あちらの個室でお話ししましょう」

「はい」

病室の下澤は、朝ほどの勢いはない。観念したのだろうか。

――しかし話しづらいな……。

そう思い日中の手術の合間に凜子の同席を頼んだのだが、あいにく今日に限って凜子は当直だった。もう救急外来に行っているのだろう、病棟にはいない。

下澤を病棟の端にある説明用の個室に連れていく。背はそれほど高くないがとにかく大きなお腹は、また一段と大きくなっているようだった。

――もしかして腹水か？

点滴スタンドにつかまって体を支える下澤の歩き方は、頼りない。やはりかなり体力が落ちている。痛みがないのが幸いだ。

個室に入ると、隆治は奥の椅子に座るよう促した。できれば看護師にも立ち会ってほしかったが、夕方六時は夜勤帯が始まった頃で食事の配膳もあり、一番看護師がつかまらないタイミングだった。

「では、ご病状についてお伝えしますね。わからないことがあったら、途中でもなんでも聞いてください」

「はい」

電子カルテにログインし、下澤のカルテを開く。CT画像を出した。

「前回の入院のときは肝臓への転移がここ、ここなんかに広がっていました」

マウスのポインターで腫瘍をなぞっていく。

「で、今回のCTでは」

言いながら画像を出す。手に力が入る。

「肝臓のここは、さらに大きくなっています。さらに、肺は……」

「もういいわ、肺は。だからなにが言いたいのよ」

大きい目でギロリと隆治を見る。

「ですから……その……」

――どうしよう。

「下澤さんは、おそらく数日で意識が悪くなっていきます。肝性脳症と言って」

「専門用語はもういいわ。数日で死ぬってこと？」

「いえ、死ぬ、いや亡くなるのはもうちょっとです」

言いながら、自分がなにを言っているのかわからなくなってくる。

「どれくらい？」

「ええと、はっきりはわかりませんが、週の単位かと」

「先生、またそうやってごまかす。『週の単位』ってなによ、そんな日本語ないじゃない」

下澤は問い詰める。

「え、ええ、予測が難しいんです」

「いいから教えて頂戴」

——参った。

「本当にわからないんです。でも」

ためらったが、続けた。

「一カ月はもたないかと思います」

——言ってしまった……。

「一カ月……」

これだけ問い詰めておきながら、下澤は驚いたようだった。

「そんな短いの……」

ぽつりと呟いた下澤は、明らかに目の焦点が合っていない。隆治の顔を見ているようで、その奥の壁を見ているようだった。

隆治は迷っていた。ここからどんな話を続ければよいのか。いま自分は、目の前の人に余命の宣告をしたのだ。しかもたったの一カ月という宣告だ。あらゆる慰めは無意味であり、頑張りましょうというような未来への希望も皆無だった。ただただ具合が悪くなり続け、ただただ絶望を深めていく一カ月。

隆治はただ待った。次に下澤がなにか発言をするまで待った。一秒が一分にも感じられる。

窓のない、白い壁だけが囲むこの部屋。小さい机と、椅子が三つ。隆治の座る丸椅子と、茶色のパイプ椅子が二つ置かれている。壁にかけられた時計の秒針が、コチコチと音を立てる。

「それで、私はどうすればいいの？」

ようやく下澤が口を開いた。

「どうすればいいか、ですか」

隆治は即答できず、おうむ返しをしながら考えた。そして努めてゆっくりと言った。

「まずは、ご家族に話すことではないでしょうか。そして、ご家族との時間を持つことでは」

そう言った途端、下澤は机に突っ伏すと、大きな声で泣き始めた。

——えっ……。

いや、慌てることはない。厳しい話をした直後にパニックになったり、下澤のように泣いてしまったりする患者はたまにいるのだ。研修医の頃はそれだけでこちらもパニックになったが、もうそんなことはない。

——こういうときはなにも言わず、ただ待つんだ……。

「うおーっ、うおーっ」

泣いているというよりは、叫んでいる、と隆治は思った。

しばらくなにも言わずに待つ。こんなとき看護師の吉川だったら、なにか優しい言葉をかけ背中をさすってあげるのだろう。しかし隆治にはそんなことはできなかった。

長い時間が経った。本当に経ったのか、それとも隆治が長く感じていたのかはわからないが、叫んでいる下澤が静かになるほどには時間が経った。

ゆっくり顔を上げた下澤は、鼻水が垂れ目の周りは黒く、白目は赤くなっていた。

「あのね、先生」

目を左手でこすり、ひひひひっ、としゃくりあげると下澤は続けた。

「ごめんね。混乱しちゃった。先生にはずっと話していなかったんだけど」

「はい」

「私の家族、もうぶっ壊れてんの」

「え？」

「もうね、何年も前からダメなの。旦那とは事務的な連絡以外の会話はなし、それも極力メールだけでやってるの。息子と娘は成人してるんだけどまだ家にいて、たまに帰ってきたと思ったら自分の部屋にこもりっきり。目も合わせてくれない」

――そんな……。

「だから病院にも、誰も呼べないの。わかるでしょう？　そんな家で誰が来てくれるっての？」

下澤はひと呼吸置いて続けた。

「そんなんで、私はパチンコしかなくて。毎日パチンコ行ってたの。そしたら今度は癌で、もうすぐ死ぬって？」

「…………」

「なんなの？　なんなのよ。私の人生はなんなのよ！」

そう言うと下澤は机を叩いた。大きな音がした。

「パチンコにはまって借金を作っちゃったの。たくさんカード作って。それが旦那にばれたの。お金はあったから借金は返してくれたわ、でもその代わりひとことも口をきいてくれなくなった。同時に子供も無視するようになったわ。自分が悪いんだから最初は頑張ったわよ。何カ月も話しかけて、おはよう、おやすみ、って言い続けて。でも一度も、誰も返事をくれなかった。最初は頭がおかしくなりそうだった。だから、いまの私は毎日掃除をして誰も食べないご飯を作って一人で食べて、パチンコをやって寝るの。それだけを繰り返してたらどんどん太っちゃって」

ううう、と言いながら下澤は隆治の目を見ながら泣き始めた。隆治は一瞬、その圧から目を逸らしたくなったがぐっと踏みとどまり、下澤の目をまっすぐに見た。

「そうだったのですね」

自分の声が狭い室内に響く。いかにも事情をよく理解したような、その言い方が嫌だった。

「先生、ごめんね。どうすればいい？　私どうすればいい？」

「どうすれば……」

「ねえ、なんとかならないの？　私こんな目にあってて今度は病気で死ぬの？　先生治してよ。先生」

下澤の両目からポロポロと涙がこぼれ、頬を伝う。

「すみません、私にできることは」

唾を飲み込んで続ける。

「痛みと苦しさを取ることだけです」

下澤は返事をせず、涙を流し続けている。

しばらくの間、隆治はそのまま下澤の涙を見ていた。

*

部屋を出て下澤を病室に送り、ナースステーションに戻ると凜子が電子カルテのキーボードを叩いていた。

「先生、すみませーん。遅れちゃってぇ、入るタイミングなくて部屋の外で聞いてましたぁ」

「お、そうか。救急外来、大丈夫？」

「はい、今日は研修医の先生がいたので任せちゃいましたぁ。あの、下澤さんって、ご家族と、なんかアレなんですねぇ」

「うん」

二人ともはっきりとは言わないが、なんとなく気持ちを共有していた。

「で、どうしますぅ？　アミノ酸製剤、使いますぅ？」

アミノ酸製剤とは、肝臓の機能が低下し肝性脳症に陥る患者に対して症状を和らげるために使う。いまの下澤に使えば、肝性脳症の発症を少しは先延ばしにできるかもしれない。それで凜子は尋ねたのだった。

「あ、うん、どうしよ」

隆治にはすぐに判断がつかない。余計なことは考えず、ただ教科書どおりに投与すればいいのだろう。が、本当にそうだろうか。下澤はいまからどれくらい生き長らえたいのだろうか。といって、本人に尋ねるわけにもいかない。

「とりあえずオーダー明日から入れときますから、不要なら先生消しちゃってください」

凜子は隆治の迷いを察しているようだ。

「じゃ、私、救急外来に戻りますぅ」

にっこり笑うと、凜子は素早い身のこなしでナースステーションを出ていった。きっと救急外来も忙しいのだろう。それでも隆治がやりづらい病状説明をするということで無理に出てきてくれたのだろう。

隆治はかろうじてカルテに記録を書いた。

［ご本人に病状説明。肝転移の増大が著しく、近日中に肝性脳症に陥る。予測予後は週の単位。重ねてご家族の同席もお願いしたが、不可能とのこと］

「保存して終了」をクリックすると隆治は席を立ち、歩き出した。

全身の脱力を感じる。まるで足に重しがつけられているようだ。

大きな窓から廊下を照らしていた夕陽はいつの間にか沈み、青白い光が廊下に満ちていた。隆治は歩みを止めて窓の外を見た。沈んだ夕陽の名残が逆光となって、たくさんのビルを向こうから照らしている。

家族がいて、一緒に住んでいるのに会話はおろか挨拶もないというのは、どういう感じなのだろう。息苦しくて、自分なら数日で逃げ出してしまいそうだ。

ふと、上田の死に顔を思い出した。罪という重しを背負い続けた彼女の人生。その何十年という人生が「なかなか離れてくれない」と言っていた上田。あの安らかな顔は、きっと看護師のエンゼルケアがうますぎるからだけではない。終わることで、救われる。そんな生き方もあるのかもしれない。

しかし、自分はそれを受け入れることはできない。できないことはないかもしれないが、感情的にはとても難しい。それは自分が医者だからなのか、一人の人間としての考え方ゆえか。

隆治には、その二つを分けることはもはやできなかった。自分は医者で、医者の考え方が自分の考え方だった。そのことにいまはまだ自覚的だが、その自覚すらいずれ失っていくのだろう。あの夕陽が沈むように、「普通の」考え方というものは自分の中から失われていくのだ。それがいいことかどうかはわからない。しかし、隆治は失いたくなかった。

下澤に、自分ができることはなんだろうか。もしかすると、痛み止めやアミノ酸製剤よりも、毎日ベッドサイドへ行って挨拶をすることかもしれない。

隆治は奥歯をぐっと噛《か》みしめると、医局へと歩いていった。

＊

「先生、じゃあタクシー乗り場でお待ちしてますぅ」

「ああ、すぐ行きます」

白い布に包まれた下澤を見送った隆治は、医局にある自分のデスクに戻るとしばらくぼんやりしていた。

あれから二週間で下澤は逝った。最後の最後まで、家族は誰も来なかった。亡くなった旨を伝える電話にも出ず、看護師に何度もかけてもらうと「代行業者」に頼んである、と返事をされたそうだ。代行業者とはつまり葬儀社の社員で、病院へのお迎えから火葬までやるとのことだった。

「先生、佐藤先生もお呼びしてますからはやくぅ」

「あ、ごめんわかった」

立ち上がると医局の端にある更衣室に入った。白衣の袖を抜き、紺色のスクラブを脱ぐ。ちらと下澤の死に顔が頭をよぎる。むくんだ白い顔は皺一つなく、唇にはささやかに紅が差されていた。最後の一週間は肝性脳症になり、こんこんと眠っていた。苦痛はなかっただろう。

急いでTシャツを頭から被り、袖を通す。腰が痛むので、なるべく下を向かないようにしてスクラブの紺色ズボンを脱ぎ、くたびれたジーンズをはく。

医局を出て病院の一階正面玄関から出ると、すぐにタクシー乗り場がある。

とっくに日没は過ぎていたようで、薄暗くなりかけていた。すでに凛子と佐藤は揃っていて、立ち話をしていた。

「すみません、遅くなりました」

「遅い」

——あれ。

隆治は違和感を覚えた。その佐藤の言い方は、どこか柔らかい。

「すいません」

「じゃあ行きましょう—」

凛子ははしゃいでいる。佐藤が後部座席の奥に座ったので、隆治は助手席に座ろうとすると、

「先生、後ろ後ろ」

と凛子に座られてしまった。仕方なく後部座席に座る。

——なんとなく緊張する。

隣の佐藤は窓から外を見ている。

「運転手さん、上野にお願いしますぅ」

行き先を凛子が告げると、白髪の運転手の運転するタクシーは発車した。

店に着くと、辺りはすっかり暗くなっていた。大きく「名物串カツ田中」と書かれた看板がライトアップされている。扉を開けると、店内には大勢の客がいて、ガヤガヤと騒がしい。みな仕事帰りに来ているのだろう、ワイシャツ姿のサラリーマンがほとんどのようだった。

「予約の雨野ですぅ」

凛子が伝える。

「えっ」

どうやら隆治の名前で予約したようだ。

「すいません、だって私の名字、伝わりにくいんですもん」

「いやまあいいけどさ」

三人は奥のテーブル席に通された。佐藤が奥に座り、向かいに隆治と凛子が並んで座る。

「ここ、調べて予約したの？」

佐藤がメニューを見ながら言った。

「えぇそうですぅ。嬉しい。ずっと来たかったんですぅ！」

「私も初めてだな、店は知ってたけど」

「串カツって大阪でしか食べられないと思ってましたぁ。私、串カツも初めて食べるんですぅ」

佐藤は意外そうな顔をした。

「えっ、串カツも初めて？　そうか、先生はお嬢様だからな。雨野はあるよな？」

「え、いや実は僕も初めてで……鹿児島には串カツのお店ってなかったような気がします」

ずいぶん若く整った顔の店員が来て、三人は生ビールと串カツを注文した。

生ビールがやってくると、三人はジョッキをぶつけて乾杯した。

「じゃあ、雨野お疲れ！」

「雨野先生、お疲れ様ですぅ」

佐藤と凜子が口々に言うので隆治は驚いた。

「え？」

戸惑いながらも、お疲れ様ですと言ってジョッキを合わせる。

「へへ、実は今日は先生のお疲れ様会なんですぅ」

凜子が嬉しそうに言う。佐藤の顔も、言われてみればどこか柔らかい。

「そうだったんですか……」

「ん、まあ最近いろいろあったからな」

隆治は一瞬、はるかのことを言われたのかと思った。が、佐藤が知っているわけはない。きっと臨床のことを言われているのだろう。

さきほどのイケメン店員がやってきて串カツを一通り説明し、置いていった。三人は食べながらジョッキを飲み干していった。

三人とも三杯目が空こうかというところで、赤い顔の凜子が隆治にからんだ。

「先生は、彼女さんとは最近どうなんですぅ？　私、どおにも彼氏できなくってぇ」

「そうなの？」

「あれぇ、先生ごまかさないでくださいよぉ」

話を変えようと佐藤を見たが、知らん顔でジョッキに口をつけている。

「いや、あの、まあいいじゃない」

話す気にはなれない。でも、この二人なら聞いてくれそうな気もする。

「えぇ、怪しい。さーてーはー、ケッコンですかぁ？」

凜子の大きな声に、後ろの席の太ったサラリーマンが振り返った。

「い、いや違うよ」

――真逆なんだけど……。

「えっ、マジで？」

佐藤が真顔で突っ込む。

「違いますよ！　逆です！」

「逆？」

不思議そうな顔の佐藤を尻目に、凜子が悪ノリをする。

「あれぇ、もしかして……」

――もうヤケクソだ。

「……うん、別れちゃいました」

「えぇー！」

「マジ？　あの、研修医のときの合コンの子だろ？」

「えっそうです。先生よく覚えてますね」

「だってあのとき、雨野が合コン行ったせいで挿管やらなにやら私と岩井先生でやったんだから」

——そんなことまで覚えてるなんて、なんて記憶力だ。そもそも話したこと、あったっけ……。

隆治は頭を下げた。

「すいませんでした」

「そんなことはともかく」

凜子が横やりを入れる。

「なんで、なんで別れちゃったんですかぁ？」

二人の興味津々な目に、隆治は仕方なく話し始めた。誕生日を忘れてしまっていたこと、その日に呼び出しがあってレストランに置き去りにしてしまったこと。次に葵と二人で電車に乗っていたところを見られたこと（幸い佐藤は葵と親しくしていることをすでに凜子から聞いていた）、そして先日のどしゃ降りの上野のこと。

「それさ、別れなくてもよくない？」

佐藤が三杯目のビールジョッキを傾けながら呆れている。

「うっ」

「そうですぅ。きちんとお話しすればよかったのにぃ」

「いや俺フラれたの？……まあ、そうか」

「当たり前じゃないですかぁ。あ、佐藤先生、次どうしますぅ?」

空のジョッキに気づいたようだ。すみませーん、と店員を呼ぶ凛子の高い声が店内に響く。

「チンチロリンハイボール」

佐藤が真顔で変なものをオーダーしたので、凛子は吹き出した。

「なんですかぁ、それ」

「ん、なんかサイコロふってゾロ目だとタダになるんだと」

メニューを見せながら佐藤が説明する。

「面白いぃ」

「だろ」

——俺の話、あんまり興味ないし……。

二人の楽しそうなやりとりを見ていたら、隆治はなんだかどうでもよくなってしまった。自分の上にかぶさる暗雲のような、この数カ月のできごと。たまたま重なっただけかもしれない。患者さんが亡くなるのは外科医という仕事をしている以上、日常のことだ。医者も六年目になるといいかげんそんなことはわかっているつもりだ。

そこに、私生活の一イベントである破局が重なっただけだ。

店員がやってきて、佐藤が大きなお茶碗にサイコロを放った。

「やったっ！」

「ピンピンのゾロ目ですね！　それではハイボール、無料になります！　おめでとうございますー！」

メガホンほどの大きさもある金色のベルを店員が鳴らす。二人はハイタッチして喜んでいる。

――やっぱりもっと説明して、引き止めればよかったんだろうか。いや、はるかとの関係はもう終わらせなきゃならない。いつまでも、甘え続けるわけにはいかない。そもそも始まりからして甘えだったんだ。

隆治は五年前の合コンのことを思い出していた。代理店の男、膝丈もない花柄のズボンの男、同期の川村。変なノリのＣＡたち。そして一人だけ違和感のある存在だったはるか。

こうして時間は過ぎていく。自分とはるかの五年間は過ぎ、二人の関係は終わった。はるかともう二度と会うことはない。なぜか隆治にはそんな直感があった。道ですれ違っても、お互い声をかけることはない。もう完全に、永久に、別の道を歩いていくんだ。

寂しくないかと言われれば、寂しい。はるかは数少ない隆治の理解者だった。自分ははるかを好きじゃなかったのだろうか。好きだったから、ずっと付き合っていたんじゃなかったんだろうか。

でも、はるかは思っていたんだ。自分は好かれていないと。そうだったのかもしれない。

ずっと、彼女は傷ついていたんだろう。それも、とても深く。

そのことはとても悲しいし、いますぐ走って会いに行きたい気もする。でも、それがまたはるかを傷つけるんだ。

行ってはいけない。

——これで良かったんだ。きっと……。

酔った頭で楽しそうに話す佐藤と凜子を見ながら、隆治は空になったジョッキに口をつけた。

Part 4　結紮《けっさつ》

この年の八月は特別だった。

新聞やテレビは「記録的猛暑」と連日騒いでいた。鹿児島で生まれ育った隆治にとっても、東京の夏はまた別の意味で暑く感じられた。緯度が低い分だけ太陽に近い鹿児島で感じられた陽射しの「痛さ」は、東京で感じることはまずない。その代わり、湿気混じりの空気がじっとりと重く、まるで濡れた服を着ているかのような暑さは、鹿児島にはないものだった。

そんな八月半ばの日曜日。銀座の大通りに面したビルの四階の喫茶店で、隆治は葵と向かい合わせに座っていた。

「そうなんだ、結局別れちゃったんだね」

「うん、まあ」

葵に尋ねられ、隆治ははるかとの顛末《てんまつ》を話したのだった。ただし、責任を感じられても困ると思い、葵と二人で電車に座っているのを見られたくだりは省略した。

「ま、しょうがないんじゃない。だって先生、好きじゃなかったもんね」

「え？　そんなこと……」

隆治はうろたえた。

「ほら、図星よ。そうやって好きでもない人と付き合って、別れてへこむんだから男は勝手よね」

「そんなへこんでないから」

この日もランチに誘ったのは葵のほうだった。ボウリングのお礼がしたいと、葵が店を決めて支払いもした。もちろん隆治が行ったことのない天ぷら屋で、とても上等だったが、葵は伝票を見せてくれずいくらしたのか隆治にはわからない。その後、喫茶店でコーヒーを飲もうということになったのだった。

葵がアイスコーヒーの細長いグラスに挿した白いストローを回す。カラカラと音が鳴る。白いノースリーブのワンピースから出ている肩は健康的に日焼けしている。

「まあ、大人だからね、先生もはるかさんも。また次行きなよ、次」

「次。うん」

隆治はアイスレモンティーのグラスに口をつけた。酸味が小気味よい。

「他に好きな人とか、いないの？　凜子ちゃん先生とか」

葵はにやにやしている。

「え？　そんなんいないよ。仕事ばっかりで」

「どうかなー？」

職場の後輩との恋愛など、あるはずもない。

「そんなことより体の調子はどうなの？」

早く話題を変えたかった。

「うん、まあまあかな。骨に転移が出てきちゃって」

「えっ？」

あまりにあっさり言う葵に隆治は一瞬、驚いた顔をしそうになった。

「そうか」

さとられないように言葉を探す。

「肋骨《ろっこつ》に三カ所でしょ、あと背骨の腰のへんだって。なんかちょっと腰痛いなって思ってたんだよね」

——多発骨転移《マルチプル》……。

目がくらみそうになる。アイスレモンティーを一口飲む。

「いまはどうなの？　痛み」

「うーん、あんまり良くなってないかなあ」

「痛み止め、出てる？」

「うん、いまも持ってるよ」

そう言うと葵はハンドバッグから薬袋を取り出した。

「ロキソニン、胃薬、あとこれなんだっけ」

バラバラと、銀色のシートに入れられたカラフルな薬を丸いテーブルに出す。

麻薬はまだ出てないのか……。

「……夜、痛くて眠れないこととかある？」

「そうね、たまにあるかな」

隆治はいつもこの質問を患者にするようにしていた。痛みで眠れない場合は、痛みの制御《コントロール》が不十分だとして鎮痛剤の増量や種類の変更をするのだ。そして葵の場合、さらに効果の強い痛み止めは医療用麻薬だった。

急にゴホ、ゴホと葵が咳き込んだ。

「イタタ」

左の胸をおさえる。

「咳すると痛い？……そうか、肋骨にもあるんだもんね」

「うん」

「ちょっとトイレ」

咳をしながら葵は席を立った。ゴホ、ゴホと聞こえる。

葵の後ろ姿を目で追いながら、なんとはなしに周りの客を観察した。

隣ではパーマのかかった茶色い短髪に丸い黒縁メガネ、黒いジャケットに白Tシャツの若い男が一人でマックのノートパソコンをいじっている。ブルーのワンピース姿の母親らしき女性の向かいでは、制服風のチェックスカートにエメラルドグリーンのカーディガンとえんじ色のリボンを着けた二〇歳くらいの女の子が、つまらなそうにショートケーキのいちごをフォークでもてあそぶ。この暑いのに、薄いグリーンの着物を着たおばあさんが、友人と二人で楽しそうにおしゃべりをしている。

隆治は思った。

この中の誰が、いったい肺と骨に転移するような末期癌を抱えて痛み止めを飲んでいるんだろう？　いったい誰が、まだこの世界でロクに楽しいこともしないうちに余命を宣告されているんだろう？

見れば見るほど、この人たちは一生死なないような顔をしている。死とは無縁で、死など気にせず、明日の仕事や学校のこと、家庭の問題について考えたり悩んだりしている。なぜだろう。死なないつもりなのだろうか。ここにいる全員が、一〇〇年後には全員死んでいて、生きたことなどすべてなかったことになる。それでも、悲嘆にくれることはないのだろうか。

隆治は、葵のよく日に焼けた顔を思い浮かべた。二〇代そこそこで、これから死に向かって一直線に、不可逆的に進んでいく葵。

ふと、自分自身もこの喫茶店の人たちと同じような顔をしているのではないか、と思えてきた。そうか、自分にとっても葵のことは他人事《ひとごと》なのだ。だからこそ、葵をあわれに思うのだ。自分も同じ立場なのだと思えば、かわいそうだという感情が湧くことはないはずだ。

鏡で自分の顔が見たくなった。しかし葵が戻るまで席を立つわけにはいかない。不意に隣の男のタイピングの音が高まる。耳障りに感じた。

葵の消えたほうを見ていると、ふっと葵が姿を現したので慌てて目をそらした。母娘らしき二人は相変わらず会話もなくケーキを食べている。

「おまたせ。ごめんね」

「あ、いや」

まるでいま気づいたかのように、顔を上げた。

「大丈夫？」

「うん、ちょっと血が混じってたけど」

——血痰《けったん》……。

「そんなことより、今度あたしクルージングに行くんだ」

「クルージング？」

「そう。豪華客船に乗るの。これも入ってるの、リストに」

リストという単語に隆治はドキッとした。去年一度だけ聞いた、「死ぬまでにやりたいことリスト」のことだろう。その中に富士登山も入っていて、それで去年の夏に凛子と三人で登ることになったのだった。

「今度は主治医の先生にちゃんとOKもらいなよ」

「あはは、そうだよね。富士山のときはアメちゃんに嘘ついたんだった」

「笑い事じゃないよ」

言いながら二人は笑った。

それから二、三、仕事の話や凛子の話をし、二人は喫茶店を出た。

銀座の大通りは歩行者天国になっていて、大勢の人が歩いている。隆治は、もう人の顔を見たくないと思った。

「じゃあ帰ろっか」

「そうだね」

地下鉄の駅に向かい、歩き出す。

「明日も手術？」

「うん、明日は執刀なんだ」

「じゃあ早めに帰って正解だね」

そう言う葵の顔色は悪かった。気づかぬふりをしながら「うん」と隆治は返した。

「じゃ、あたしこっちだから」

「うん、それじゃまた」

「ばいばい」

そう言って地下鉄の駅の階段を降りていく葵の後ろ姿が見えなくなるまで、隆治はずっと眺めていた。もしかしたら振り返るかもしれない、振り返ったときに自分が見ていたほうがいい、なんとなくそう思いながら。

＊

翌日、隆治は朝から手術室にいた。

冷えた室内では麻酔科の女性医師が全身麻酔のかかった患者の頭側の椅子に座り、紙に麻酔記録を記入している。あまり見たことのない麻酔科医だ。毎週交代で来ている、大学病院からの応援医師だろうか。まだ若そうだが、看護師にてきぱきと高い声で指示を出しているところを見ると、なかなかの腕前なのだろう。

外回り看護師は忙しそうに手術室内を歩き回っている。

「じゃあ、手を洗ってきます」

誰に言うともなく手術室を出ると、手を洗う。

今日の助手は凜子、指導は佐藤だが二人ともまだ来ていない。凜子は普段ならもっと早いタイミングで手術室に来ているが、今日は病棟で抜糸やドレーン抜去やらの処置が多く少し遅れると言っていた。佐藤もそろそろ来る頃だろう。

銀色のステンレス製の洗い場で、手をセンサーにかざして水を出す。鏡に映る自分の顔をちらと見る。冷たい水が勢いよく手に当たる。

手を洗いながら、隆治は今日の患者、星野《ほしの》夫妻への三日前の術前説明《ムンテラ》を思い出していた。

*

「担当します、雨野と申します。よろしくお願いいたします」

病棟にある小さな個室、説明室で隆治は座ったまま頭を下げた。外来では佐藤が診ていたので、これが隆治との初対面である。入院日の夕方のことだった。

「よろしくお願いします」

禿頭《はげあたま》を下げるのは、パジャマ姿の三六歳男性、星野聡一《そういち》だった。隣の妻も一緒になって頭を下げる。

隆治より背の低い二人があまりに深く頭を下げるので、隆治は恐縮して立ち上がった。

「どうぞおかけください」

——あれ？

一見して、隆治は二人の顔が似ていると思った。小さな黒子《ほくろ》の多い色白の顔、優しげな目尻の皺が集まった先にある細い目。痩せているがしっかりと張った下顎《したあご》に、薄い髭《ひげ》。首の辺りで少し前に曲がった背は猫背だろうか。

夫婦は顔が似てくると聞いたことがある。髪型こそまったく違うが、そっくりである。少しだけ違和感を覚えたのは、妻の服装が無地の白Tシャツにアディダスの黒いジャージだったことだった。まるでいまからランニングに行くような格好である。化粧っ気はまったくない。それほど長くない髪も無理やりゴムで一つにまとめているが、まとまっていない。乾いた唇の両端には粉が吹いていた。

「ええと、星野聡一さんですね。外来で佐藤先生から少しお話は聞いていらっしゃると思いますが」

そう前置きをして、前のめりでうなずく星野と、年季の入った小さいメモ帳を持つ妻に話し始めた。

あらかじめ書いておいた腹部の絵を見せ、指でさしながら説明していく。

「まず、創は臍に五センチほどと、一センチが一つ、それに五ミリが三つ。合計五つの創ですね。ここから細長いカメラと手術器具をお腹の中に入れて操作を行います」

星野は細い目でうなずいた。

「お腹の中でやることはこんなことです。この下直腸《かちょくちょう》動脈という血管を根元で切って、

S状結腸と直腸をひとまとまりに取ってしまいます。周りのリンパ節というものも、転移していることがあるので一緒に取ります」

妻が懸命に鉛筆でメモを走らせている。

「この説明の紙、あとでコピーをお渡ししますね」

隆治は補足した。

「あっ、恐縮です、ありがとうございます」

肩をすくめた妻が二回頭を下げると、ゴムでまとまり切れていない髪の毛が乱れて顔にかかる。

「で、星野さんの癌はこの辺りにありますので」

そう言い、肛門の近くの直腸に丸をつけた。二人がつばを飲み込む音が聞こえたような気がした。

「ここより肛門に近いところで腸を切ります。そして腸と腸を繋ぎ合わせます。肛門にとても近いところで繋ぎますので、術後に肛門の機能が悪くなったり、おしっこや性機能が悪くなることがあります」

ただし、と隆治は一気に続ける。

「星野さんはお若いので、肛門の締まりもいいでしょう。おそらく手術の後しばらくすればほぼ元通りになると思います」

隆治はちらと二人の顔を見た。誠実で、嘘一つ言ったことがないようなこの顔。同じくらい真面目で、丁寧に生きてきた妻。二人とも真剣な表情だが、それでもほほえんでいるように見えるのは目が細いからか。

この夫婦は簡単に人に騙されてしまうのではないか、と心配になるほどだ。

それから合併症と輸血の説明までしてしまうと、続けた。

「質問はございませんか」

星野は細い目をさらに細め、妻と顔を見合わせて言った。

「はい、先生にすべてお任せいたします。ありがとうございます」

「わかりました」

説明を終えようとした隆治は思い出して付け加えた。

「すいません、お伺いしていなかったのですが、お二人暮らしですか？」

癌の治療をするに当たり、家庭環境はとても重要な要素だ。聞き漏らしてはいけない。カルテにも必ず記載するのだ。

「いえ、子供が一人おります」

「そうですか。わかりました」

カルテの「生活歴」のところに、子一人、と書き込んだ。

「では手術当日は奥さんの立ち会いをお願いします」

そう言って説明を終わろうとすると、星野の表情が固まっている。

「あの……実は先生、ちょっと立ち会うのが……」

夫に代わり妻がおそるおそる言った。

「え？　ご都合悪いです？」

妻は目を伏せたが、隆治は続けた。

「一応、全身麻酔の手術なのでご家族どなたかに来ていただくことになっておりまして」

妻はちらと夫の顔を見た。

「お恥ずかしいのですが、うちの子が、ちょっと問題でして」

「問題？　ですか？」

「ええ。実はうちの子、小学生なんですが、不登校と保健室登校を繰り返していまして、学校にたまに行くと暴れてしまうんです。家にいるときは私が見ていなければならず、学校に行っても数時間ですぐ親が呼ばれてしまうものですから」

「そうですか……」

——もしかして、この服装。

「今日も、ですか？」

「ええ、お恥ずかしいのですが、いつ呼ばれるかわからず、迎えに行くと乱暴をしますので、押さえつけるためにこんな服装しかできず……申し訳ありません」

ジャージとTシャツ姿の妻は身をすくめた。

「いえ、とんでもありません。他にご親戚などは？」

「すみません、近くには誰もおりませんので、夫と二人でなんとか子供の面倒をみているのです」

星野は力なく笑うと、口を開いた。

「私も仕事を休み休み、です。毎日が綱渡りでして」

微笑んで続ける。

「先生、手術当日は可能なら妻が参りますが、もし子供の学校に呼ばれてしまったら申し訳ありません。それでいかがでしょうか」

隆治は言葉を探した。それほど大変な生活をしている二人に、さらに癌という病気が襲いかかってしまったのだ。とはいえ、手術のときに家族がいないと、いざというときに説明できないリスクがある。

「うーん」

唸《うな》りつつも、他に手段はないことは頭ではわかっている。自分には想像もつかない厳しい暮らし。子が中心の、「毎日が綱渡り」のギリギリの生活なのだ。

「わかりました。そういたしましょう」

「先生、本当に申し訳ありません。ありがとうございます」

星野が言い、二人は深く頭を下げた。

「いえ、とんでもありません。その代わり、もし万が一、手術中になにか起きた場合には電話でご連絡します。電話は取れますよね？」

妻は明らかに困った顔をした。

「すみません、大暴れをするものですから」

――電話にも出られないくらい、ということか……。

「わかりました、ではそのときはこちらの判断で進めさせていただきます」

「すみません！」

星野が再び深く頭を下げた。隆治も禿頭を見て、慌てて頭を下げた。

*

「遅くなりましたぁ」

凛子が声をかけてくるまで、隆治は気づかずに手を洗っていたようだった。

「よ。よろしく」

「佐藤先生ももう少しで来れるから、先に開腹《あけ》ててとおっしゃってましたぁ」

「了解」

五年前、いや三年前でも考えられない、「先に開腹《あけ》てて」という伝言。ずいぶん信頼してもらえるようになったものだ。

手をペーパータオルで拭く。隣の消毒用アルコールに手をかざし、五プッシュぶんを丁寧に両手の肘まで揉み込んでいく。二回目は三プッシュを出すと両手首まで消毒する。アルコールがひんやりと感じられ、気化熱が肌の温もりを奪う。

手術室入り口の下の小さいくぼみに、蹴るように足を入れる。大きな扉が両側に開く。消毒した手を使わずに、手術室に入れるようになっているのだ。

「お願いします」

「はーい、隆治先生よろしく」

外回りの看護師は、今日は手術室一〇年以上のベテラン、渡部奈美《わたなべなみ》だ。背が高くスラッとしていて、動きが素早い。手術中に必要なものを走って取りに行くのが速すぎて、昔看護師長に怒られたと聞いた。さばさばしていてとてもやりやすい人だ、と隆治は思っている。黒子の多い色白の顔と厚い唇が印象的だ。

慣れた手つきで隆治に青色の滅菌ガウンを着せていく。最後に足を勢いよく引いて「はいよっ」と声をかける。

「ありがとうございます」

「隆治先生、それに凜子先生の手袋も出てるからね」

何げないようだが、外科医の手袋サイズをチェックし準備してくれるベテランの仕事はありがたい。執刀開始までのテンポが乱れないのだ。

イソジンに浸かった綿球が八個入ったカップから、消毒用の長い鉗子で茶色い綿球を取ると、手術室真ん中の台に横たわる星野の左に立ち腹に塗っていく。手術前の消毒だ。

手術室の扉が再び開き、凜子が入ってきた。

「すいませぇん」

甘えた声に昔はペースを乱されていたこともあったが、もう皆慣れている。

凛子はガウンを着て手袋をはめると、星野をはさんで隆治の向かい側に立ち、やはり消毒用鉗子で腹を消毒し始めた。

「低位前方切除術《ローアンテ》、今日は久しぶりの開腹《オープン》ですねぇ」

「そうだね。ここのところ腹腔鏡《ラパロ》が続いてたからね」

この手術は、腹腔鏡手術といって五ミリ〜二センチまでの小さい創を五つつけてカメラで見ながら行う方法がほとんどだ。今日は、腫瘍が大きく、腹腔鏡手術では困難だろうということで佐藤が「開腹《オープン》で」と言い、そう決まったのだった。

消毒が終わると同時に奈美がさっと鉗子を受け取る。

「覆《お》い布《ふ》」

言いながら振り返ると、いつもならすでに器械台にスタンバイしているはずの器械出し看護師が、まだ入ってきてもいない。

「あれ」

「ごめんね、今日は新人なのよ。開腹はほぼデビュー戦だからよろしくね」

覆い布と呼ばれる、滅菌済みの青い大きな紙の袋を開けながら奈美が言った。

準備をしていると、しばらくして看護師が入ってきた。

「すみません」

こわばった声はいかにも緊張している。

「鈴本《すずもと》このみですっ、よろしくお願いします」

たしかこの四月から看護師になり、手術室への配属は五月からの新人だ。身長は一五〇センチくらいだろうか、たどたどしく手袋をつけている。急いでつけようとすると余計時間がかかる。この「滅菌手袋を手にはめる」行為さえ、新人はうまくできない。

「よろしく。ゆっくりでいいですよ」

隆治が気遣って声をかけるが、聞こえてなさそうだ。

――こりゃ今日は大変かも。

ただでさえあまり執刀経験のない術式に、新人の器械出し。不安が隆治の頭をかすめる。奈美が器械出しだったらいいのに、と思うが、それでは新人の教育にならない。自分だってずいぶん迷惑をかけたはずだ。

――とはいえ前立ちは佐藤先生だしな。

そう思いながら、星野の体に二畳ほどもありそうな大きなブルーの覆い布をかける。真ん中に四〇センチ四方に開いた穴を、星野の腹部に合わせる。覆い布で覆われると、星野という一人の人間から患者の腹部へと隆治の意識が切り替わる。

「じゃあ電気メスと吸引ね」

何百回も、いや一〇〇〇回以上やってきたこの手術直前の儀式は、もう体が覚えている。凜子も完璧だ。

「タイムアウト、しますよ」

奈美が大きな声を出す。手術前のタイムアウトでは、術式やメンバーなどの情報共有を手術室内の全員で行う。

「患者は星野、えーと、聡一さん。メンバーは自分の名前を言ってください」

「外科の雨野と西桜寺です。あとから佐藤先生も来られます」

「麻酔科の緒方《おがた》です」

隆治は軽く頭を下げる。やはり派遣の麻酔科医だった。

「はい、あと外回りの渡部と、器械出しは」

鈴本は気づいていないようで、器械台の上で急いで糸の準備をしている。

「ほらっ、このみ！」

「あっ、すいません、器械出しの鈴本ですっ！　今日はよろしくお願いします！」

隆治と奈美が軽く目を見合わせる。

「はい、じゃあよろしくお願いします。鈴本さん、準備いい？」

「はいっ！」

鈴本は緊張しながらも張り切っているようだ。

「じゃあ、メス」

「はい！」

円刃《えんじん》と呼ばれる、大きく切るときのメスを受け取ると、隆治は臍上にあてた。

「お願いします」

隆治はそう言うと、円刃をさっと下に滑らせた。臍は縦に割ってしまい、陰毛の辺りでメスを止めた。

「じゃあメス、返すよ」

「はっ、はい」

鈴本はまだ硬い。

「そうやって手を出したら刺さっちゃうから、こう」

「すみません」

一事が万事そのような具合だったが、なんとか腹が開いた。

手術室のドアが開き、頭の後ろでマスクの紐を結びながら佐藤が入ってくる。

「開いた？」

「はい。ガーゼ」

隆治は顔も上げずに返事をする。

「よし」

それだけ言うと出ていった。手を洗いに行ったのだろう。

二分ほどで佐藤は戻ってきた。凜子がすっと患者の足の間に移動し、隆治の向かいに佐藤が立つ。

「どう？」

腹の中を見ながら佐藤が小声で話す。

この外科医特有の会話、医者になって初めの二年くらいはなにを聞かれているのかもわからなかった。が、六年目ともなると阿吽《あうん》の呼吸だ。

「癒着はなかったです。腫瘍《トゥモール》はやっぱり大きいですが、可動性はいいので膀胱《ぼうこう》も精嚢《せいのう》も浸潤はなさそうですね」

あえて説明的に言うのは、凜子の理解のためだ。

「うん。じゃあ始めよっか」

それからの手術は、佐藤の的確な指導のおかげで順調だった。出血らしい出血もなく、危険なところはすべて楽に切り抜けられた。

流れるような佐藤の場の展開と指導により、隆治は手術中に、社交ダンスが踊れたらこんな気分なのかな、と思った。それも、上手な相手が素晴らしいエスコートをしてくれている場合の、だ。電気メスを白い泡のような組織に滑らせながら、これは自分の実力じゃない、と言い聞かせなければならなかったほど、スムーズに進んだ。

手術も佳境に入り、いよいよ直腸の吻合《ふんごう》の段階になったところで、手術室にぶらりとやってきたのは岩井だった。

「おう雨野、調子いいじゃないか」

手を後ろに組みながらニヤニヤした岩井は、「もう俺の出番もないな、若手の時代だ」などと外回りの奈美と喋っている。

「よし、俺が吻合してやろう」

そう言うと、患者の肛門から細い筒状の吻合器を挿入し、ガチャッと吻合すると「心配ないな、雨野大センセイ」と笑いながら手術室を出ていった。

おそらくどこかで手術の進捗を把握していて、吻合という重要な場面だけヘルプに来たのだろう。

「なんか、嵐みたいですぅ」

凜子の言葉に反応する余裕は隆治にはなかった。とにかく夢中で電気メスを動かしていた。


「じゃ、あと皮膚だけよろしく」

佐藤が手術台から離れると、隆治と凜子は口々に「ありがとうございました」と言った。

佐藤が立っていた位置に移りながら、凜子は、

「先生、すごいじゃないですかぁ。めちゃくちゃキレイだし、速いですぅ」

と嬉しそうに声を上げた。

「いや、これは俺の実力じゃないから」

言いながらもマスクの下でにやついている。

皮膚を縫いながら、心は躍る。

――二時間半で終わるなら、かなり速いほうだ……。

もちろん佐藤の指導はある。が、上達しているのだ。直腸の構造への深い理解、手技の習熟、次を読む余裕……。

隆治は大声を出したい気持ちになった。上機嫌なのは、凜子にも悟られているだろう。

「助手、ありがとね。今日、飲みにでも行く?」

「え！　珍しいですぅ、先生からのお誘いなんてぇ」

そうかな、と言いながら赤面する。

「行きましょ、先生の手術成功のお祝いですぅ」

「成功なんて、そんな。でも、焼き鳥でも行っちゃおう」

「いいですねえ。佐藤先生もお誘いしますぅ？」

佐藤は自分が浮かれていることを知ったら怒りそうだ。「調子に乗るなよ」なんて釘を刺されかねない。

「ん、まあ佐藤先生、今日はいいんじゃない？　忙しそうだし」

「わかりましたぁ」

話しながら手は動く。あっという間に皮膚を閉じ終わる。

「ありがとうございました！」

言いながらハサミ《クーパー》で糸を切るパチンという音が、小気味よく手術室に響いた。

*

その日の夜、上野駅近くの焼鳥屋で、隆治と凜子は向い合わせに座っていた。煙がもうもうと漂う店内では、酔客の大声が飛び交っている。大衆的なこの店で、二人はビールジョッキを交わしていた。テーブルの上には焼き鳥の盛り合わせやサラダ、烏賊《いか》の塩辛が置かれている。

「それにしても先生、今日の手術《オペ》はスムーズでしたぁ」

「いやいや、そんなことないよ」

回診が終わってすぐに病院前のタクシーに飛び乗り、乾杯をしたのは午後八時を過ぎていた。

「下腸間膜動脈《IMA》の根部も一瞬で処理してましたしぃ。あのメッツェンの動かし方、カッコ良かったですぅ」

凜子は褒めるのがうまい。しかも心底思っているのだ。

「いやいや」

「直腸の周りも速かったですねぇ。佐藤先生もほとんど手、出してなかったじゃないですかぁ」

「あれは先生の展開が良かったからだよ。でもさ、俺ちょっとあれかも」

ネギマのネギを食べながら、隆治は口ごもった。

「自信、ついてきたかも」

言ってしまうと隆治は赤面した。が、凜子は酒のせいだと思ってくれるかもしれない。

「えぇー、いいなあ、私も早く先生みたいになりたいですぅ」

医師六年目の隆治と四年目の凜子とでは、じっさい執刀数が何倍も違う。執刀する手術の難度も大きく異なる。手術の実力差という点では、二学年の差はとても大きいのだ。

「先生ならすぐだよ。今日は感謝の気持ちを込めておごるから、もっと飲んでね」

「ありがとうございますぅ。じゃあ私、ハイボールにします！」

店員を呼ぼうと凜子が振り返ったとき、木でできた汚いテーブルの上の携帯電話が鳴った。上げかけた手を下げて携帯電話を取る。

「はいぃ、西桜寺ですぅ。ええ、ええ」

病院からのようだった。通常、外科の患者になにか問題が発生した場合は、まずファーストコールの凜子に連絡が来る。しかし、看護師によっては問題がなくとも、例えば術後患者の尿量の報告だけで電話をしてくることもあり、電話がいつも緊急の知らせというわけではなかった。

隆治はビールジョッキをあおった。こんなに気分のいい日はいつ以来だろう。思えば今年は春先から辛いことが重なっていたのだ。これくらいのことがあってもいい。

開腹の低位前方切除術。この術式での執刀は、隆治にとって、ずっと前から一つの目標だった。高難度の手術であり、きっと全国の同期の外科医たちと比べても遅いほうではないだろう。

じっとりと汗をかいたジョッキを握る。

「え？　いくつって言いましたぁ？」

凜子がすっとんきょうな声を上げる。やれやれ、外科医は冷静さが大切だというのに。

「三〇？　一時間でですか？　三〇分？」

凜子が顔を上げた。

「先生、今日の低位前方切除術《ローアンテ》の人、ドレーンから出血しているみたいで……この三〇分で三〇〇ミリだって」

「え？　今日の人？」

——三〇分で三〇〇ミリ……出てる！

「バイタルは？　急いで行きますって伝えて」

「はい、点滴、全開でいっといてもらいますねぇ」

なんてことだ……。

「外液、全開で入れててください、可能なら太いのもう一静脈路《ライン》取って……はい、すぐ行きます、一五分くらいで……」

凜子が電話で話している。

会計を済ませると、急いで店を出た。夜の上野駅前は賑わっていた。大勢のスーツ姿のサラリーマン、OLの間を縫って、停まっている黄色いタクシーに二人は飛び乗る。

「牛ノ町病院に！」

＊

「どうなってんだ」

ソファに腰掛けた岩井の低い声が、深夜の薄暗い手術室控室に響いた。

低いテーブルを挟んだ向かいで、手術着に手術用帽子とマスク姿の隆治は黙ってうつむいた。白い蛍光灯が眩しいほど室内を照らしている。

「申し訳ありません」

隆治の隣の佐藤が深く頭を下げる。

「私のミスです」

マスクを取ると、続けた。

「下腸間膜静脈の処理のところ、結紮《けっさつ》はいつもどおり2《ニ》-0《ゼロ》で一重《シングル》でした。おそらく結紮が甘く、糸が落ちたものかと」

「佐藤、んなことはわかってんだよ。雨野」

　岩井は足を組んだ。

「お前が術者だろ」

「はい」

「で、結紮したのもお前だろ」

「……はい……」

　隆治は絞るように言った。

「こういう凡ミスやる奴に、執刀はもうさせられない」

　岩井の厳しい言葉は、しかし隆治には届いていないようだった。


　呼ばれた隆治と凜子は大急ぎでベッドサイドへ駆けつけた。患者のお腹に入れてあるドレーンから、新鮮な血液が大量に出続けている。術後出血の判断で佐藤に連絡し、岩井も呼ばれた。急ぎで手術室へと戻り、今度は開腹手術を佐藤と岩井が行い、隆治は助手としてただ見ているだけだった。腹が開くと、隆治が縛ったはずの五ミリほどの血管から血が噴いていた。手術の判断が早かったおかげで、患者は血圧低下もあまりなく、合計の出血量は一〇〇〇ミリリットルほどで済んだのだった。

患者は術後に集中治療室に入り、落ち着いたところで凜子一人を残し、隆治は手術室控室に戻ってきたのだ。


ちょっとした会議室くらいの広さのこの控室は静かで、夜だからか他の科の医師など誰もいない。置かれた三台の電子カルテもシャットダウンされている。

「シャレにならない。患者を殺す気かよ」

「すみません」

佐藤が間髪を容れずに謝る。

「自分の責任です」

「いや、僕が……」

隆治が口を開いたが、岩井がすぐ遮った。

「とにかく、今回のことは医療事故だ。上にも報告するが、まずは全力であの患者を快方に向かわせろ。佐藤、お前が責任持って全部診ろよ、雨野にやらせるな」

「はい」

「家族への説明は俺がする」

それだけ言い、岩井は立つと部屋を出ていった。

再び部屋に静寂が訪れた。

並んで座る二人は、一言も発しない。

佐藤も呆然と壁の一点を見つめたまま、微動だにしない。

不意に隆治のＰＨＳが鳴った。

「はい」

凜子からだった。

「先生、輸血がまだ余っていますが、どうします？」

「あ、えと……」

口ごもっていると、佐藤が「貸せ」と手を伸ばした。

「佐藤だ。その患者のこと、今後は全部私に電話するように。輸血は新鮮凍結血漿《けっしょう》だけ全部入れきって、あとはいったん返却でいい」

それだけ言うと、電話を切りＰＨＳを隆治に返した。

「とりあえず、岩井先生が言ったようにあの人は私が診る。雨野は外れろ」

「……はい」

「言っておくけど、これは罰じゃない。術後にまたなにかあったらそれこそ大問題になるから。訴訟とかで」

訴訟、という言葉に隆治は驚いた。そうだ、これは訴えられるかもしれないのだ。

「雨野は、とりあえず手術記録を詳細に書きな。まだだろ？」

「いえ、術後すぐに……書いてはいます」

「追記でいいから、手術中のことをもっと詳細に書いて。どうせ電子カルテには追記ってログは残るから。変に消したりしないで」

「はい」

佐藤は立ち上がると、静かに部屋を出ていった。

佐藤が遠回しに隆治を慰めようとしていたのが隆治にも感じられた。が、それに反応する余裕などまったくない。

夜中の控室では、空調の音だろうか、遠くでモーター音だけが鳴っている。


ぼんやりと隆治は座っていた。

少しずつ、頭が回ってくる。

なんということをしてしまったのだろう。いや、どうしてこんなことになってしまったのか。あのとき、静脈を結紮した糸は本当に2－0だったのか。あの新人の鈴本が間違えて3《サン》－0《ゼロ》の細い糸を渡したのではないか。いや、もしそうだとしても糸が緩んだのは自分の手技のせいだ。

あのとき、どう結紮をしたのだろう、と隆治は思った。ほとんど記憶にないから、いつもどおり普通に糸を受け取り、三ミリ径ほどの血管の後ろを通し、両手で縛ったのだろう。特別急いでいたのだろうか。時間を気にして焦った結果、雑に糸を縛ったのだろうか。

あそこは二重で結紮すべきだったのだろうか。いや、あの血管はいつも一重だ。考えても考えても、なぜあの結紮が緩み、こんなことになってしまったのかがわからない。わからなければ、再発を予防することはできない。

――外科医、やめるか……。

そんな考えが頭をよぎった。

いや、そんなことは出来ない。すべてを賭けて、一人前の外科医になる修業をしてきたのだ。まだ道半ばだ。やめるわけにはいかない。

しかし、本当にそうだろうか。手術をやる資格が自分にあるのだろうか。そもそも医療に携わる資格はあるのだろうか。なんなんだ。手術しなくとも星野さんはすぐ死ぬような病状ではない。手術のせいで、いまは落ち着いたとはいえ一時は危なくなってしまった。

――やめる、のか……。

控室の硬いソファは、長く座っているといつもなら尻が痛くなるが、今日はまったく感じない。

しばらく雨野はぼんやりと控室の白い壁を見ていた。


「雨野先生」

控室の扉から斜めに顔だけ出しているのは、やはり術衣姿の看護師の奈美だった。いつの間に扉が開いたのだろう。

「大丈夫？」

笑みを浮かべている。

「あ、ええ」

隆治は目を泳がせた。奈美は扉を開けると隆治の隣に座り、小さい包みを手渡した。

「はい、これ」

返答もせず隆治が見ていると、

「甘いものでも食べて。こういうときは」

と言い、ポケットからもう一つ出すと、包みを開けて口に放り込んだ。

「私の緊急用、ゴディバのチョコよ。食べて」

包みを開けて茶色い塊を口に入れる。少し苦い粉に続いて、ねっとりと甘いチョコレートが舌に感じられる。

途端に、隆治はこみ上げるものを感じた。

「……すいません。俺……」

隆治は両手で顔を覆った。とめどなく涙が流れる。

必死に声が漏れるのをこらえた。その分容赦なく涙はあふれる。

「俺……とんでもないこと……しちゃって……」

奈美は無言で座っている。

「もう……駄目かも……最低で……」

言葉にならない。そのまま隆治は静かに泣いていた。

「覚えておきなよ」

奈美がぽつりと言った。

「起きたことはしょうがないじゃない。外科の先生なんてみんなこういう思い、してるんだから」

「え……」

掌底で目を拭うと、隆治は奈美の顔を見た。

「手術室看護師《オペナース》、長くやってるとね、緊急の再手術《リオペ》ってよくあるの。外科だけじゃないわ、いろんな科で」

奈美は両手を組んだ。

「先生たち、みんな泣きそうな顔して執刀してるわ。だって再手術《リオペ》ってだいたいが一回目の手術の合併症でしょ。まあミスみたいなこともあるじゃない」

——そうなのか……。

「でもね、歯を食いしばってやってるわ。だって、人がやることなんだからどうしても一定の確率で起こるでしょう？　新幹線だって車掌さんが寝過ごすことがあるんだから」

「…………」

「だから、先生は今回のことを忘れないで、しっかり次に活かしなさいよ。外科医やめるなんてバカなこと考えちゃ駄目よ」

「でも……」

「私手術室の片付けがあるから。じゃね」

隆治の反応を待たずに奈美は立ち上がると、部屋を出ていった。

再び誰もいなくなった控室は、静かになった。

――みんな泣きそうな顔して執刀している……。そうなんだろうか。だからといって許されるわけじゃない。俺は続けられるんだろうか……。

隆治はしばらくそのまま、硬いソファに座り続けていた。

＊

八月も終わりに近づいた土曜日、隆治は鹿児島空港に降り立った。

例の手術の後、隆治はすべての手術から外されていた。さらには、病棟の業務も凜子のフォローのおかげでほとんどやることがなくなっていた。そんな折、暇そうにしている隆治に佐藤が「いまのうち夏休み、取っとけ」と提案したのだった。

休みとはいえ、交際相手のはるかとも別れ、特に行くところも思いつかない。そこで、盆は過ぎてしまったが実家のある鹿児島に墓参りに行くことにしたのだった。一人暮らしの母も気がかりだ。

到着ゲートから出ると、熱風と言ってもいい風がたくさんの芋焼酎の広告とともに隆治を出迎えた。

――いつぶりだったかな。

じっさいは一年ぶりなのだが、もっと長く経っているような気がする。春先から、いろいろなことがあったからだろうか。「執刀をさせるわけにはいかない」と言った、あの夜の岩井の顔がちらつき、慌てて他のことを考えようとする。

空港バスの券売機でチケットを買うと、ちょうど来ていたリムジンバスに乗り込んだ。「なんね」「天文館《てんもんかん》でいいが」ここかしこから、懐かしい故郷の言葉が聞こえてくる。

一番うしろから二つ目、左の窓側に腰掛け、膝の上に小さいボストンバッグを置いた。「それではー、発車、いたしますー」鹿児島訛《なま》りの運転手のアナウンスで、バスはまもなく発車した。

窓には、見慣れた高速道路の景色が流れている。左の窓に頭をもたせかけるようにして、隆治は景色を見るともなく見ていた。

研修医になってから、なんだかんだほぼ毎年鹿児島に帰ってきている。二四年も住んだこの街は、あの巨大な化け物のような東京に住むようになってから戻ると、海に面したたった一つの建物みたいに思える。その建物の中では西郷さんのいる幕末で時が止まり、みな似た太い眉毛をし、豚の角煮とさつま揚げを食べ、同じ言葉を話すのだ。

その中で医者になり、この中で一生を過ごすという選択肢もあった。学生時代にずいぶんと悩んだものだ。

同級生とも酒を飲みながらたくさん話した。東京なんて行ってどうするんだ、何年かで勝負に負けて帰ってくるのがオチだ、それなら育ててくれた鹿児島に最初から貢献しろ——そう言ったのは、一番仲の良かった大迫敬太《おおさこけいた》だった。よく日に焼けた顔で、真剣にそう言ったのは、進路を決める大学六年生の夏だった。東京行きに反対したのは大迫だけだった。

——連絡、取ってみるか。

大学病院の外科医局に入局したはずだ。そう言えば卒業してからほとんど連絡を取っていなかった。

隆治は携帯電話のアドレス帳に大迫の番号が入っていることを確認した。

——そう言えば、遠藤もいたな……。

牛ノ町病院に四月から来た消化器内科医の遠藤もまた、大学の同級生だった。隆治の、この手術の一件を耳にしたらしく、「いつでも消化器内科で待ってるぜ」という、励ましなのかどうなのかわからないメッセージをくれた。

——返信、忘れてた……。ま、帰ったら話すか。

トンネルを抜けて顔を上げると、窓の外はいつの間にか明るくなっていた。桜島が遠くに見える。水色の空に、かすんで白く見える桜島は、てっぺんからかすかに煙を吐いている。

隆治は急に、鹿児島に帰ってきた実感が湧いてきた。生まれ、育ったこの南の地。二四年を過ごしたこの場所。東京で医者をやらなくても、鹿児島で知った顔とやればいい、などという考えが頭をよぎる。

バスが鹿児島中央駅に到着した。

降りて荷物を受け取り、市電に乗り換える。一両編成の小さい車体は、緑がベースでオレンジのラインが入れられている。土曜日の日中だからか、割と混み合っている。紫色のシートに高校生くらいの男の子が三人、横並びで座ってなにやら楽しそうに話している。その向かいでは、おばあさんがうつらうつらと頭を揺らしている。その隣にはやたらとスカートの短い女の子が座り、携帯電話をいじっている。薄汚れた窓から射し込む光が、車内の埃に乱反射する。「発車します」車掌の声とともに、モーター音がだんだん大きくなっていく。

いつもの、鹿児島の景色だった。なんとなく嬉しくなって、空いている席に座った。

「次は、騎射場《きしゃば》、騎射場です」

大きな道路の真ん中の電停に降り立つと、鹿児島の陽射しが半袖の隆治の腕に照りつけた。じりじりとするこの感覚もまた、東京では味わえない。

ボストンバッグを肩にかけると、横断歩道を渡る。モスバーガー、パチンコ屋、スーパー、定食屋……騎射場電停前も、一年前となに一つ変わっていない。

角を曲がると、「薩州《さつしゅう》あげ屋」の古い木の看板が見えてくる。

「ただいまー」

カランカランと音を立てて引き戸を開けると、店内に客はいなかった。カウンターの中から割烹《かっぽう》着姿の母が顔を出す。

「あれ、早かったね」

「うん」

「市電、すぐ乗れたね」

「うん」

「座って荷物、降ろして。お茶持ってくるから」

そう言うと母は奥に引っ込んだ。

隆治は店内のテーブル席に腰掛けた。

広いとは言えない店内は、去年と変わったようだった。カウンターの中には整然とさつま揚げが並び、ガラスもきれいになったようだ。

母が丸い盆に麦茶を載せて持ってきた。

「暑かったでしょう」

「ありがとう」

冷たい麦茶を一気に飲み干すと、ふう、と息をついた。

「元気、してた？」

お盆を胸に抱えたまま向かいに座った母が笑顔を見せる。

「元気だがね。こないだの三月に工事してね、店の中きれいにしてもらった」

「そうだね、ガラスが」

すると、蟬の鳴き声が聞こえてきた。向かいの家の門にあるけやきの木に留まっているようだ。

「今年も夏が来たね」

母はそう言うと、お盆をテーブルに置いた。

「うん」

「今年は、あのお嬢さんは一緒じゃなかったけ」

——はるかのことか……。

隆治はどぎまぎしながら答えた。

「うん」

別れたことを言おうかどうか迷ったが、やめておいた。それ以上、母も聞いてこなかった。

二人とも黙ってしまうと、沈黙を蟬の声が埋めた。

カランカランという音とともに、引き戸が開いた。

「いらっしゃいませ」

母がさっと立ち上がる。お客さんのようだ。隆治は荷物とコップを持つと、奥の階段へと向かった。

*

「ごちそうさま」

その日の夜、実家の二階。ちゃぶ台に箸を置くと、隆治は毛玉だらけの硬い座椅子にもたれてリモコンをいじる。南日本放送は一チャンネル、鹿児島讀賣テレビは四チャンネル、そして鹿児島テレビ放送は八チャンネル……手が自然と覚えているのだから不思議なものだ。

首を振る扇風機が時折、ブーンと音を立てている。

「ビールでも飲むね、冷やしとったよ。焼酎もあるがね」

「ん、ビールがいい」

自然と答えたが、母と二人で酒を飲むのは初めてかもしれない、と思い出した。

母がお盆にサッポロビールの中瓶と焼酎を飲む小さいコップを二つ載せて持ってきた。

受け取ると、二つのコップにビールを注ぐ。泡が上がるが、ぎりぎりのところでこぼれなかった。

母はテーブルの上の食器をお盆に載せて台所へ持っていったが、すぐに戻ってきた。

隆治の斜め向かい、座布団の上に腰を下ろす。

「じゃあ、乾杯」

「乾杯」

コチンとコップを合わせる。

「冷たくて旨い」

「ねえ。私も久しぶりだがね」

テレビで医療もののドラマをやっていて、白衣やブルーのスクラブを着た美男美女たちが医者を演じていた。いまは見たくもないと、チャンネルを変えようとすると母が言った。

「隆治もこんなことやっちょっとかいね」

「うん、まあね」

だいぶ違うけど、と思ったが口にはしない。

「もう六年かね」

「そうだね」

家を出て六年も経つのだ。

母は隆治のコップにビールを注いだ。

「ありがと」

六年の間、何人の人を見送ったのだろう。三年前は父が亡くなった。母は一人暮らしをして三年になる。

「母ちゃん」

母のコップも空いていたので、ビールを勧めた。

「すまないね」

注がれたビールを美味しそうに飲む母の横顔を見た。

もう六〇歳をとうに超えた。父が亡くなってからは、一人でこの「薩州あげ屋」を切り盛りしている。儲かっているのだろうか。店内をリニューアルしているところを見ると、それほど厳しくはないのかもしれない。

兄が死に、父が死んだ。自分は東京に出ている。一人の、この暮らしをいつまで続けるのだろう。病気になりでもしたら続けられないだろう。そのときは、東京に引き取るか、それとも自分が鹿児島に帰ってくるか……そうなると牛ノ町病院もやめて、病院を一から探さなければならない。鹿児島大学の消化器外科医局に入る選択肢もある。

遠い将来のことのように思えるが、母親の年齢を考えればそれほど先のことではないのかもしれない。

——しかし、外科医を続けられるのかな……。

「こういう凡ミスやる奴に、執刀はもうさせられない」

「患者を殺す気かよ」

岩井の声が頭の中でこだまする。自分はそれだけのことをしてしまったのだ。

「危ない！」

テレビの中の男性医師が、大きな声を出した。隆治はびくっと体をこわばらせた。リモコンで音を小さくする。

「ほんに、大変ねえ」

母が他人事のように言った。

しばらくテレビを見ていた隆治が、ぽつりぽつりと話し始めた。

「あのさ、母ちゃん」

「ん？」

「こないだ、手術しててさ」

隆治は手の中のコップを少し回した。

「ミスしちゃったんだ。大きなやつ」

なぜこんな話をしだしたのか、自分でもわからない。だが、止まらない。

「でもね、死ななかった。患者さん死ななかったんだけど、大変なことになっちゃって」

母は隆治のほうに向き直ると、真剣な顔をした。

「うん」

「再手術になったんだ。理由は、俺がしばった糸がほどけて大出血しちゃって……」

隆治はコップを握りしめた。

「死なせかけちゃってさ」

母は黙って聞いている。

「俺、もうやめたほうがいいんじゃないかって……外科の上司の先生も、もう執刀はさせられないって……」

それだけ言うと、右目から一粒涙が流れた。

「……最悪なんだ……俺……」

テレビからは車のコマーシャルが流れている。

「そうだったのね」

母はコップに目を落とすと、それきり黙ってしまった。

隆治もなにか言おうとするが、言葉にならない。声を出さずに、溢れる涙を左手で隠した。

五分ほども経っただろうか。

いつの間にかテレビではドラマが終わり、鹿児島の地元の番組が流れていた。隆治は彫像のように固まったまま、畳の一点を見つめていた。

テレビからは、黒髪を後ろでまとめた白いワンピース姿の女性が、海辺で三線《さんしん》を弾きながら唄う民謡が流れてきた。

「いきゅんにゃ加那《かな》　わきゃくとぅわすれて　いきゅんにゃ加那」

テレビの民謡に合わせて、小さい声で母が唄い始めた。隆治は驚いて母を見た。座布団に正座し、背筋を伸ばして両手でビールのコップを持ち唄う。

「うったちゃ　うったちゃが　行き苦しや　ソラ行き苦しや」

次第に唄う声は大きくなっていく。

「母ちゃん」

母は唄い続ける。

テレビからは奄美大島の森の中や、青い海にのせて唄声が流れている。母が奄美大島の出身だとは知っていたが、唄を聞くのはこれが初めてだった。

「わきゃ加那　やくめが　生《い》き魂《まぶり》　ソラ生き魂」

三分ほどで唄いきってしまうと、母はとっくにぬるくなったコップのビールを飲み干した。

「これは私のふるさとのシマ唄でね、みーんな唄うのよ。『いきゅんにゃ加那』て言ってね」

穏やかな口調で母は続ける。

「『愛しい人よ、行ってしまうのですか、私のことなど忘れて』っち、隆治は聞いたことはないかね」

「ない。そのあとは?」

目をつぶると、母はゆっくりと続けた。

行こうとしても、行きづらいのでしょう。かあさん、とうさん、悩まないで、豆を取って、米を取って食べさせてあげますから。夜中、目が覚めて、あなたのことを思うと眠れなくなります。立神《たちがみ》の沖で鳴く鳥は、あなたの生霊に違いありません。

それだけ言ってしまうと、母は台所に立った。

「あなたって……」

誰のことだろう、と隆治は思った。三年前に亡くなった父のことか。それとも、二〇年以上前に幼くして死んだ兄のことだろうか。

母には隆治の言葉は耳に届いていないようで、台所で洗い物をしている。強引にゴムでまとめただけの、ボサボサの頭。古くなった割烹着。去年会ってから、また少し小さくなったように感じる。

初めて聞く不思議な唄だった。鹿児島にいた頃も、民謡はほとんど聞いたことはなかった。なのに、どこかで聞いたことがあるような。記憶というほどはっきりした形を取っているわけではない。自分を構成する三七兆個の細胞一個一個の内部に寄生した生物《ミトコンドリア》のような、原始の感覚。

　隆治は裏声のような高い母の声を何度となく反芻《はんすう》し、しばらく浸っていた。テレビではとっくに番組が変わり、別の男性歌手が、ポップミュージックを歌っている。聞こえてはいるが、しかし頭にまでは入ってこない。

「東京は、暑いのね」

　お盆に氷入りの麦茶を二つ載せて、母が戻ってきた。ちゃぶ台の上に置いたときの、氷がコップに当たる音で、隆治は我に返った。

「うん、暑いよ。鹿児島《こっち》ほどじゃないけど」

「そうね」

　母は持ってきた麦茶を一口飲んだ。

「いつ帰ってきてもいいんだから」

　他人事のように母が言った。

「え？」

「まあ、東京で頑張ってもいいし、鹿児島だってたくさん病気の人はいるし」

「…………」

「仕事は、やめたっていいんだから」

「……ありがとう」

隆治はふと外に出て走りたくなった。

体が、「早く動け」と大合唱して隆治を駆り立てている。

――なんだ、これは……。

母の言葉に、なにか吹っ切れたわけではない。背負っていた重しが軽くなったわけでもない。でも、動かなければもう、どうにもならない。

「母ちゃんごめん、ちょっとさ、散歩してくる」

そう言って隆治が急いで立ち上がったので、母は驚いた。

「こんな時間からね？　どこ行くのね？」

「わからない、ちょっと。すぐ帰るから」

言葉足らずのまま、隆治は階段を駆け下りると急いで古びたスニーカーを履き、真っ暗な一階の店を通って大きな引き戸から表に出た。

夜だというのに、南国の熱気はまだ冷めやらず、空気は多分に湿気を含んでいてすぐに肌がじっとり湿ってくる。

隆治は、夏の夜へ向かって走り出した。

＊

よく晴れた翌日、隆治は朝から墓参りに行っていた。

小高い丘の上にあるその墓地で、短パンに白いTシャツ姿の隆治は「雨野家之墓」と書かれた古い墓石をすぐに見つけた。一年に一回しか来ないが、どういうわけかこの墓地の中ですぐに見つけられるのだった

手には寺の名前の入ったプラスチックの手桶と柄杓《ひしゃく》がある。途中で花を買い忘れたことに気づいたが、そのまま墓まで来てしまった。朝、母も誘ったのだが店の準備があり来られなかった。

まるで大雨が降っているかのような蟬の鳴き声が、辺りを支配している。流れる汗もそのままに、隆治は墓の前に立った。

「父ちゃん、兄ちゃん」

声をかけ、手桶から柄杓ですくった水を上から墓石にかけた。薄い灰色が濡れて、みるみる黒く変わってゆく。水が跳ね、隆治の脛《すね》にかかった。

もう一杯、もう一杯、と水をかけていくと、すっかり墓石と台座が変色した。周囲に

散らばる小さい葉っぱを拾い集め、一カ所に寄せる。頬から垂れた汗が、墓石の周りの砂利に落ちる。

すっかり綺麗になると、隆治は線香も忘れたことに気がついた。仏花だけでなく、線香もない。

——ま、いいか。

墓の前にもう一度立つと、大きく深呼吸をした。

「父ちゃん、兄ちゃん、久しぶり」

隆治は一礼した。

「帰ってきたよ」

そう言うと、顔の前で両手を合わせ、目をつぶった。

——父ちゃん、兄ちゃんと向こうで楽しくやってるのかな。楽しいなんてことはないか。でも苦しいこともないよな、きっと。俺は、俺はといえば、まあ元気にやってるよ。元気、でもないけど。落ち込んでるけど。

蟬の声がだんだん聞こえなくなってくる。昇っていく太陽の光は少しずつ強まり、Tシャツの袖から出た隆治の腕を焼いていた。

——こないだ、失敗しちゃって、たくさん迷惑をかけてしまった。どうしようって思ってる。でも、修業が足りなかったんだ。俺の努力が足りなかったんだ。

合わせている手に力が入る。

――でも……。

隆治はゆっくりと目を開けた。目の前にあるこの石の中には空洞があって、そこには手に抱えられるほどの骨壺が二つ、並んで入っている。一つは兄の、そしてもう一つは父のだ。

――俺はどうすれば……。

そのときだった。一条の風が墓地を吹き抜けた。風は隆治の体をぐるりと一周すると、すぐに止んだ。この暑い日に、なぜかひんやりとした風であった。

「これは……」

「続けろってこと……」

隆治は誰かに強く「外科医をやめるな」と言ってほしかった。たまたま墓前で風が吹いただけなのだろうが、それでも良かった。

前夜の母のシマ唄、お墓で吹いた風。

――とにかくもう少し、頑張ってみよう。外科医。

隆治は、汗だくのまましばらくお墓を見つめていた。

Part 5 「おやすみ」

九月に入り、隆治はいったん離れた手術に、少しずつ戻っていた。八月はまったく手術室に行かなかったが、佐藤のはからいで、佐藤が執刀する手術の助手に入れてもらえるようになったのだ。

どうやら佐藤が岩井に話してくれたようなのだが、隆治は聞き及んでいない。聞いたのは、「謹慎期間のように、一カ月くらい手術から離れることは外科医にはよくあること」ということだった。

「まあ、禊《みそぎ》みたいなものだから」

佐藤にそう言われても、いまいち隆治にはピンとこない。だが、外科医の世界には、そういった、人知を超えたなにかを信じている雰囲気があるのもまた事実だった。

その日、助手として入った朝からの大腸癌の手術は二件とも予定より早く終わり、夕方の回診が終わったのは五時過ぎのことだった。いつもより仕事が終わるのが早い。医局に戻ると、何人かの医師がデスクでパソコンをいじっている。どういうわけか圧倒的にアップル社製品の多いこの医局では、隆治を始めとする、三年目より上の医師がほぼ全員デスクを持っている。病棟業務や手術、それに外来診察がない時間は、医師たちはこの六〇人分のデスクがある大部屋で作業をする。二年目までの研修医は、別の研修医用医局に席がある。

臨床医、つまり白衣を着て病院で患者の治療にあたる医師には、実は患者の診療以外の仕事も多い。

まずは書類仕事として、患者が加入している保険会社の書類への記載がある。フォーマットは保険会社ごとにすべて異なり、しかも患者一人で複数の保険に加入していることも珍しくないため、臨床医は年中この書類に病状や癌のステージ、診断日や手術結果などを記入している。

さらに、保険診療に関する作業も多い。一番厄介なのは、患者に行った診療ごとに、「病名」をつけていくことだ。胃薬、痛み止め一つの処方でも、それに対応した「病名」が必要になる。一人の患者に一〇個病名がつくなどはザラである。

さらにはDPCと呼ばれる、「包括医療費支払い制度」に関連した電子カルテへの入力がある。これは、「同じ疾患の患者については同じ額の中で治療をする」という制度のために入力するもので、執刀した術式や、最も医療資源を使った病名、二番目に使った病名などが詳細に要求される。すべての患者に必要で、入院患者一人あたり最低でも五分はかかるのだ。

こういった業務は、医療事務と呼ばれる作業で、基本的には単純作業である。これを毎週数時間かけて行う。

それに加えて、「紹介状の返書《へんしょ》作成」という作業がある。これは、患者をどこか別の病院の医師から紹介された場合、手紙形式で病状や治療内容を紹介元に報告するものだ。それには手術記録やCT検査などの検査結果画像なども添付される。

これは、一度だけ出すのではなく、隆治のいる牛ノ町病院では「紹介されたとき」「治療方針が決定したときや入院したとき」「治療が終わった、あるいは退院したとき」のタイミングで、最低三回は書くきまりになっていた。医療事務担当者が書く病院もあるが、牛ノ町病院ではすべて医師が書くため、時間がかかる。そして、別の病院へ患者を紹介する場合にも、必ず紹介状を書く。隆治は毎週、七通ほど書いていた。

これらの業務を合わせると、だいたい週に五時間ほどは書類を書いていることになる。

余裕のある診療科の医師は、平日日中の空いた時間に書いていた。隆治を含む外科医は日中に医局で時間が取れることは珍しく、だいたい土日に休日出勤をして書くことが多い。

それに、隆治は平日昼のわずかな時間に書類仕事を詰め込むのがあまり好きではなかった。これから始まる手術のことを考えて教科書をめくったり、患者さんのことをぼんやり考えることが多い。学会が近いときは、統計解析やパワーポイントでのスライド作成に追われることもある。

隆治は自分の席に座ると、ふうと息を吐いて目の前の乱雑なデスクを見た。

それほど大きくないデスクは、隣の医師とは間仕切りで仕切られている。書類が雑然と挿された白いラックの前には、いつかはるかとのデートのとき上野で買った、まだ八月のままの卓上名画カレンダーが置かれている。ノートパソコンのマックブックエアーが真ん中に置かれ、その左には格安で買った大きめのモニターがある。これは「学会スライドや論文を書くなら二画面は必須」と佐藤に言われ買ったのだった。

そのモニターの前には、ゴッホの「ファン・ゴッホの寝室」を模した五センチ四方の小さい部屋のフィギュアがある。これもはるかと上野の美術館に行ったときに記念に買ったものだ。

マックブックエアーの手前には、「病棟患者一覧」と書かれた紙が四つ折りで三枚置かれ、「診断書お願いします」と書かれたクリアファイルが置かれている。中には当然、書類がどっさり入っているのだ。「ハマダアクト」「山口製薬」、それに「ホリポン」と大きな字で書かれたボールペンが転がっている。手術記録の絵を描くときに使う、ミヤカワ鉛筆製の色鉛筆もある。

病院から支給されたブルーの椅子にもたれると、隆治はパソコンを開いた。なんとなくフェイスブックを開く。

すると、フキダシ形のアイコンに「1」と表示され、メッセージが来ていることを示していた。クリックすると、葵からのメッセージが開いた。

「やっほー、葵ちゃんです。元気？　しばらく連絡してなかったけど、彼女できた？　最近ちょっと調子が悪くてしょぼんの葵ちゃんより」

これは、調子が悪いことを伝えたいのだろうか。もしくは相談でもあるのだろうか。

［久しぶり、元気だよ。彼女はできてない。体調、悪いの？］

キーボードを撫でるようにタッチして入力する。

考えてみると、病院が忙しく、鹿児島にも行っていたので、しばらく葵と連絡を取っていなかった。前に会った八月の半ばには、咳をすると痛いと言っていた。そして血痰が出る、とも。

――医療用麻薬《オピオイド》、ちゃんと始まったかな……。

葵の治療は、牛ノ町病院ではなく夏生病院で行われている。だから隆治は詳細を知らない。しかし夏生病院には名の知られた緩和ケアの先生がいると聞いたことがある。その医師にもかかっているだろうから、疼痛《とうつう》コントロールはしっかりされているだろう。

そんなことを考えていると、返事が来た。

［うん、新しい痛み止めで痛みは良くなったんだけど、咳がまだひどいのと、痩せてきちゃった］

「新しい痛み止め」とは、おそらく医療用麻薬《オピオイド》のことだろう。ちゃんと始まっているようで、隆治は少し安堵した。緩和ケアの医師が診てくれているか、主治医にきちんと知識があるのだろう。それにしても、「痩せてきた」のは気がかりだ。

——悪液質《カヘキシー》……。

癌患者の低栄養状態を意味する古めかしい医学用語が頭に浮かぶ。葵は咳のせいだと思っているが、おそらく悪液質《カヘキシー》だろう。そうなると、葵の病状はいよいよ末期《ターミナル》に近いということだ。

隆治は、デスクに肘をついたまま両手を組むと、額をぐっと押し付けた。

——参った……。

少しずつ、考えたくない未来が近づいている。自分に医学知識があるばかりに、たったこれだけの情報でもいろいろなことが読み取れてしまう。隆治は自分の知識を呪いたかった。でも、知らなかった頃に戻ることはできない。まるで純情を失った青年みたいなものだ。後戻りはできない。ゆっくりと階段を降りていくように、教科書通りに悪くなっていく葵。それをただ見つめるだけの自分。

返す言葉がなく、隆治はしばらくそのまま考えていた。

[今度、食事でも行く?]

そう送信してから、付け加えた。

[痩せちゃったなら、なにか美味しいもの]

あまり心配しているようなそぶりを見せてはいけない。葵は勘が鋭いから、医者である自分が心配すると、自分の病状は良くないと考えるだろう。それだけは避けたい、と隆治は思った。

いや、あるいはすでに主治医から予後、つまり今後どれくらい生きられるかについて詳しく聞いているかもしれない。しかし、そうであってもそれを友人の隆治に知られることはまた別の話だ。その友人が、医者であっても、だ。

[えっいいの！　嬉しい！　私ね、食べたいものがあるんだ。いい？]

帰ってきたメッセージを見て、隆治はホッとした。先に了承を得ようとするのは葵のいつもの癖だ。

「いいよ、なに?」

返事はすぐに来た。

「中華！　それも、とびっきり美味しいやつ！」

「OK」

その後のやりとりで、週末の土曜日の夜に会うことになったのだった。

――どれくらい痩せちゃったんだろう……。

見るからにやつれた葵を、医者である隆治は容易に想像することができる。しかし、なるべく考えたくはない。

――とりあえず、会って美味しい中華を食べよう。

そう考えると、インターネットで中華料理店を検索し始めた。

＊

土曜日の夜七時前、隆治は銀座の中華料理店「胡蝶華《こちょうか》 銀座」にいた。高級中華料理店というジャンルは、ロクにいいものを食べたことのない隆治には当然馴染みがない。そこでインターネットで検索したが、どうにもピンとこなかった。だから、葵と行くことは伏せつつ、いいお店を佐藤に教えてもらったのだった。

高い天井の格子《こうし》から柔らかい黄白色の間接照明が照らす薄暗い店内は多くの客がすでに着席しており、満席のようだった。隆治たちのテーブルの右には金色の髪飾りで髪をアップにまとめた貴婦人のような女性と、ダークスーツ姿の白髪の男性。左には、カジュアルなTシャツの男性と、ロングドレスを着たモデルのような女性。ノースリーブの黒いワンピースを着た女性と、着物姿の女性の二人組。お金に余裕のありそうな人たちばかりだった。そんな人たちが、純白のクロスにやはり格子細工の背もたれの華奢《きやしや》な椅子に腰掛け、なにやら楽しそうに笑っている。隆治には異世界としか思えない。この店はディナーのコースで一人最低二万円はするのだ。

場違いさを感じつつも、これなら葵も喜んでくれそうだと隆治は少し満足していた。

あまりキョロキョロするのもみっともないと思い、隆治は背筋を伸ばした。落ち着いたブルーのチャイナドレスを着た黒髪の女性が、水とメニューを持ってきたので、思わず頭を下げた。

「お連れ様がいらしてからになさいますか」

これは、つまり葵が来てからメニューを決めますか、という意味だろう。

「ええ」

隆治はぎこちなく微笑む。

「かしこまりました」

女性は空気のように音もなく去っていった。

――ふう、緊張するな……。

約束の七時より一五分も前に着いてしまった。まだ葵は来ないだろう。トイレに行っておこうかとも思ったが、勝手に席を立つのもはばかられた。この店では洗練された誰もが、きっと洗練された動きをするのだ。

ワイングラスのようなグラスを手にすると、水を一口含んだ。冷えていて旨い。

――なにを話すかな。

考えてみたら葵と会うのは久しぶりだ。メッセージのやり取りで少し状況はわかったが、それでも話すのは病気のことばかりになるだろうか。

隆治はあることを心配していた。

それは、葵に「予測予後」を聞かれたときの反応だ。予測予後とは、予後の予測、つまりいまからどれくらいの期間生きられるか、という推測のことだ。言い換えれば、「いつ死ぬか」ということである。

葵なら聞きかねない。

正確に答えるべきだろうか。それともごまかすか、嘘の数字を言うべきだろうか。隆治は、考えたくもないと思いつつも、これまでの胃癌患者の経験と、教科書的な知識から、だいたいの予測予後の見当はついている。

できることなら自分だって知りたくはない。ましてや、本人になんて絶対に言いたくはない。

――でもな……。

葵なら、知ったほうが良いのかもしれない。いつも病院で担当する、七〇歳以上の患者さんとは違う。知らないでいて突然具合が悪くなるというのは、彼女の生き方には合わない気もする。しかし、まだたった二二歳の女性が、このデータを――つまりは自分の余命を——知って、受け止めきれるとも思えない。

隆治はまたグラスを取り、口の中を潤わせた。

——とはいえ、主治医がもう伝えているかもしれないし……。

隆治はそう思いながら、周囲を見るともなしに見た。

この、超高級中華レストランに慣れている人たち。彼ら彼女らは、予後とか余命とかそういう言葉とは無縁なように思えた。いや、もしかしたら病魔に襲われ闘っている人もいるのかもしれない。が、豪奢な店内の壁の装飾とそれに似合う笑い方をしている人たちは、到底そんなふうには見えなかった。

隆治は、葵をかわいそうに思った。あれほど若く、あんなに潑剌《はつらつ》として、あれほど利発な葵は、その生命をたった二十数年で閉じようとしているのだ。

真っ白なテーブルクロスが眩しい。

「お待たせ」

隆治の右肩を叩いたのは、店員にエスコートされて来た葵だった。

「おお……えっ！」

隆治は思わず声をあげた。葵は、目が覚めるような真紅のワンピースに、髪を編んでアップにしていた。首にはパールのネックレスをし、耳元には銀細工の大きなピアスが光っている。それに、高いヒールの靴も履いているようだ。

「なに言ってんの、ドレスアップしたら変？　こんなお店なんだから、これくらいしないと」

「ど、どうしたの……？」

隆治の向かいに立つと、店員が椅子を引いた。葵は「ありがとう」と小声で言うと、慣れた手つきで腰掛けた。その際、ふとももの辺りまで入ったスリットから引き締まった足が覗いた。

向かいに座る葵は、胸元が深くV字に切り込まれ、鎖骨《さこつ》を横切るのは細い肩紐だけで、肩は大胆に露出している。隆治は目のやり場に困った。

「これ、ブルゴーニュレッドって言うの」

「そうなんだ」

隆治は、改めて自分の格好を見た。穴こそ開いていないものの、膝とお尻が擦り切れて薄くなったデニムのパンツに、足元はスエードの茶色いスニーカー。ネクタイはつけず、洗いざらしの白い綿シャツ。

――せめてスーツで来れば良かった……。

後悔している隆治をよそに、葵は店員が持ってきたメニューを真剣に眺めている。

「ねえ、まだコース決めてないでしょ？」

「え、うん」

改めて葵を見ると、いつもより化粧も濃いようだ。隆治には詳しくはわからないが、眼力が強く感じられる。

「ね、今日は割り勘でいいからね」

「え？　いやいや、ごちそうするよ」

こんな高いところ、払わせるわけにはいかない。

「大丈夫。アメちゃんたいして稼いでないでしょ」

「そんなことないよ。じゃあ今度、おごってもらうからここは払うよ」

「本当？　やった！」

葵がいたずらっぽく笑う。こういう顔をすると、若いというよりまだ幼い。

「じゃあね……」

メニューはすぐに決まった。葵が「フカヒレスープが食べたい」と言ったのだ。フカヒレスープが入っているコースのなかで一番安いコースは、それでも一人二万円ちょっとだった。値段を見て隆治は目が回りそうになったが、努めて平静を装った。

ノンアルコールのシャンパンを頼んだ葵は、ビールを持った隆治と乾杯した。それから運ばれてくる料理は、隆治がこれまで食べたことのない美味しいものばかりだった。前菜のクラゲ、海老の小籠包《ショウロンポウ》、そしてフカヒレの姿煮、北京ダック、炒飯……。

食べながら、隆治はビールを三杯飲んだ。葵は中国茶を飲んでいた。

隆治は、不思議だと思った。

大都会・東京の名店、胡弓《こきゅう》の音が遠くに聞こえる薄暗いこの店内で、ドレスのような赤いワンピースを着た葵と、信じられないような美味しい料理を食べる。これは、現実のことなのだろうか。酔いが回ったわけでもないが、隆治はまるで夢の中にいるような感覚に囚われた。

「ねえ、聞いてた？」

「え？」

「ほら、やっぱり聞いてない」

デザートの杏仁豆腐を食べながら、葵が頬を膨らませた。

「ごめんごめん。全部美味しすぎてさ」

「そればっかり。今日、何回『美味しい』って言った？　でも、美味しいね」

「うん」

葵はすっかり満腹になったようだ。食欲がないのかと思ったが、隆治と同じ量を平らげたので安心した。

「でね、さっきの話だけど」

「うん」

ぼんやりしてしまっていたのだろうか、全く聞いていなかった。

「私が八〇歳になったらね、やっぱり孫とか欲しいなって思うの」

——えっ？

隆治は一瞬言葉に詰まった。八〇歳になったらと話す葵は、八〇どころか三〇までも生きられる公算はない。しかし、そんなことは口が裂けても言えない。

「うん、いいね」

自然な笑顔を、無理につくる。

「子供に囲まれるおばあちゃんって、幸せよね。で、子供とおはじきするの」

「あーおはじきかあ」

隆治は必死に頭を回転させる。

「あっ、でもその前に子供作らなきゃね。彼氏もいないのにウケる、私」

「うん、そうだね」

「子供、好きなんだ私」

テーブルに肘をつき、両手に顔を乗せ、うっとりと遠くを見る。

「そっか」

そう言いながら、「癌患者の妊孕性《にんようせい》」という単語が頭に浮かぶ。葵の妊孕性、つまり葵は妊娠ができるだろうか。抗癌剤をやっている間は、まず不可能だ。隆治の知る限り、抗癌剤を投与しながらの妊娠は安全性が確認されていない。そしてそれ以前に、いまの全身状態は妊娠に耐えうるのだろうか。妊娠すると血圧が上がったり糖尿病になったりと、いろいろな身体への影響がある。腹の中に癌細胞が散らばっている播種という状態で、大きくなる胎児とそれを包む子宮はどう振る舞うのだろう。

いや、そもそも妊娠期間の一〇カ月という時間が、葵には残されているのだろうか。

隆治はそれ以上考えたくない。しかし、医学的思考の連鎖は止まらない。

「この杏仁豆腐、すごい。こんな上品な味の、初めて」

葵は幸い、隆治の心境に気づいていないようだった。

葵に悟られてはいけない。そのためには、こんなことを考えてはいけないのだ。八〇まで生きると信じているのだから、それで良いではないか。隆治は自分に言い聞かせるように思った。

「ほんと」

そう言ったら、隆治は急にこみ上げてくるものを感じた。

――やばい。

「トイレ」

そう言うや否や隆治は立ち上がった。

「え」

葵は驚いたようだったが気にせず出入り口のほうへと歩く。

――早く、隠れなければ。

「どうなさいました?」

黒いチャイナドレスの長身の女性が声をかけてくる。

「すいません、トイレは」

女性は隆治の顔を見て一瞬表情をこわばらせたが、すぐに「こちらでございます」と出入り口へ向かって歩き出した。

男性用トイレには誰もいなかった。隆治は鏡を見ながら手を洗う。龍の透かしの入った鏡に映る自分の顔を見た。

――偽善者の顔。怖いことから逃げようとする顔だ。逃げる男の顔。

鏡の中の隆治の顔が、みるみる歪んでいく。

――あ、だめだ……。

綺麗に畳んで積んであるハンドタオルを取ると、目を押さえた。

――いま泣いてどうすんの……。

誰も入ってこないことを祈りつつ、隆治は急いで深呼吸をした。

少しずつ落ち着いてくる。目は赤くなるだろうが、この店内の照明であれば葵には気づかれないだろう。

かといってあまり長く離れるのもまずい。隆治は席に戻った。

「ごめんごめん、急に腹痛くなっちゃってさ」

「えー、突然だから驚いたよ？　大丈夫？」

「うん、ごめん」

笑顔をつくる。が、顔面筋がそれぞればらばらに動いているような気がした。しかし葵は特になにも気づいていないようで、中国茶を飲んでいた。

「あのね、実は今日、お母さんが迎えに来てるんだ」

「そうなの？」

葵から母親の話を聞いたのはこれが初めてだった。

「うん、こんなカッコで出ていこうとしたら心配されちゃってさ。なんと送迎だぜ」

「おーお嬢様だなあ」

「へへ。もう近くにいるんだって。アメちゃんちょっと会ってよ、うちのママンに」

隆治は一瞬ひるんだが、すぐに「お、もちろん」とうなずいた。

「じゃあ、出ようか」

「うん」

隆治が立ち、テーブル上の伝票の入った黒革のケースを手に取る。しかし葵は立たない。

「ね、エスコートしてよ」

「え、なんで」

「なんでってアメちゃん、こんな美女と食事したんだから当たり前でしょ」

隆治は葵の椅子を引いてやった。葵はそろりと立つと、

「ヒール、高くて転んじゃうから」

そう言って隆治の手を握った。

「あれっ？　葵ちゃん！」

隆治は驚いた。葵の手は冷たく、じっとりと湿っていた。

「もしかして……痛かったの」

「へへ、さすがアメちゃん。痛み止めと咳止め、いつもよりだいぶ多めに飲んできたんだけど、もたなかったみたい」

エスコートとはよく言ったもので、葵はきっと痛みが強く一人で歩けなかったのだ。それで隆治に手を求めたのだろう。

「葵ちゃん……よし、急ごう。お母さんに連絡して、お店の前まで来てもらって」

「うん、もういるって」

隆治は、しっかりと葵の手を握りなおした。そして、テーブルの間をゆっくりと、入り口へ向かって歩いていった。

隆治が入ったときにいた客はまだ皆そのままで、お酒やおしゃべりを楽しんでいた。いやだ、おかしい、という若い女性の高い笑い声が響いた。

「大丈夫?」

「うん」

そうは言うものの、葵の顔は青ざめている。無理をさせてしまったのだろうか。

「ちょっとそこ、座ってて」

エントランスにある椅子に葵を座らせ、隆治は会計を現金で済ませた。

「じゃ、行こう」

「うん」

座っている葵に手を差し出すと、葵が握ってきた。ぐっと抵抗があった。

「え？」

「アメちゃん、ごちそうさま」

「え、あ、いやいや。今度はおごってね」

「うん。本当に、ありがとう」

そう言うと葵は立ち上がった。

重厚な扉を店員が開けると、目の前に白いミニバンが停まっていた。その前に、茶髪の中年女性が立っている。

「お母さん」

葵が隆治の手を握ったまま歩み寄る。

「これ、アメちゃん。アメちゃん、私のママだよ」

そう言うとやっと葵は手を離した。

「初めまして、葵の母でございます。今日は本当にありがとうございます」

そう言うと、深く頭を下げた。顔を上げた母の表情は険しい。

「いいえ、今日は調子が悪い中すみませんでした」

隆治も頭を下げる。

「とんでもありません、うちの子、先生とお会いすることを本当に楽しみにしておりました」

「もう、お母さんなに言ってるの！　入るよ！」

そう言うと、葵はさっさと車内へ入っていった。

「すみません、それではお先に失礼いたします」

葵の母はもう一度、深々と頭を下げた。最近染めていないのだろう、頭頂部は白髪交じりの黒髪が残っている。

母が運転席へ回る。ドアが閉まりエンジンがかかると、助手席の葵が窓を開けて顔を出した。

「アメちゃん、ありがと。また会えるかな」

「うん」

会えるよ、という言葉が葵に届く前に、車は銀座の闇へと吸い込まれていった。

＊

九月も半ばを過ぎ、東京は厳しい残暑が続いていた。鹿児島育ちの隆治にとって、東京の残暑は大した苦痛ではない。鹿児島では九月はまだまだ暑く、一〇月も暑く、一一月にごく短い秋が走るように過ぎ去ると、すぐに寒くなるのだ。

葵から突然電話が来たのは、九月の第三水曜日の昼過ぎのことだった。

隆治はいつものように朝からの手術が午後三時に終わり、手術で摘出された胃を病理室で切って広げ、コルクボードに虫ピンで貼っているところだった。

スチール製の銀色の大きなテーブルの上で、大きなピンセットを使って胃を広げていく。綺麗に広げて台形にし、前庭部《ぜんてい》と呼ばれる胃の出口付近の腫瘍を観察していた。隣で色鉛筆を持ってスケッチしている凜子が、

「あーあ、なんか面白いことないですかねぇ」

など無駄口を叩いている。

白衣のポケットに振動を感じた隆治は、急いで血だらけの手袋を外すと携帯電話を確認した。画面には、「向日葵」と表示されている。

──葵ちゃん？

こんな日中に、メッセージも寄越さず突然電話してくることはまずない。隆治は胸騒ぎを抑えながら病理室を出ると、葵に電話をかけ直した。

「もしもし」

出た葵の声は弱々しく、かすれてさえいる。

「どうした？」

前のめりになる。

「ごめんごめん、ちょっと退屈で」

隆治はずっこけそうになった。

「退屈？」

「うん、入院中って暇よね」

「え？　入院したの？」

「そう。なんかさ、大量に血を吐いちゃってさ」

──吐血《とけつ》？　いや、喀血《かっけつ》か？

吐血は胃や食道など消化器からの出血で起きるもので、喀血は肺からの出血だ。葵は肺転移がひどく、気管支を腫瘍が食い破っているので前から時々喀血していた。

「吐いたの？　いまどこ？」

急に頭の医者スイッチが入る。

「んー？　夏生病院だよ。そんな怒らないで」

そう言うと、ケホケホと咳き込んだ。

――やはり喀血……。

「ごめんごめん、怒ってないよ。いつから？」

「なんか急にお医者さんみたい。おととい、咳してたら血が出て止まんなくなっちゃって、救急車呼んだのよ。アメちゃんに電話しようか迷ったけど、まあ一応夏生病院がいいかなって」

「それで、いまは止まったの？」

「うん、血管から管入れる治療して、血管を詰めてもらった」

――血管内治療《アンギオ》か……。

血管内治療とは、急な出血のときに足の付け根や腕などの血管から細長いストローのような管を入れ、破綻して出血している血管にコイルを入れるなどして血管ごとつぶし止血する方法である。手術よりもはるかに患者の負担が少ないため、多くの急な出血の場合に選択されるようになった。

「そうか、良かった。向こうの先生はいつまで入院だって？」

「んー、わかんない。もうちょっと落ち着くまでって言ってる。だから退屈なの」

大出血した二日後にはもう退屈と言う葵は、よほど神経が太いのか、それともやせ我慢をしているのだろうか。若いから、出血してもダメージはすぐ回復するのだろう。

「うん、まあちょっとゆっくりしなよ。休めって言ってるんだよ、神様が」

「神様？　そうかなあ。そうかもね」

しかしこの声のかすれは気になる。肺転移が大きくなったか、あるいは転移したリンパ節が声帯の動きを支配する反回神経を食っているのだろうか。

「まあ、またご飯行こうね。今度は私がおごらなきゃならないし。なるべく安いところね」

葵が笑ったので、つられて隆治も笑った。

「うん、それじゃ」

「はい、お仕事中ごめんなさい」

そう言うとまた咳をし、電話は切れた。

——咳はかなり悪くなってるな……。

喀血し、緊急アンギオで止血した。咳は出続け、声がかすれ始めている。

隆治は、軽いめまいを感じた。廊下がぐにゃりと曲がろうとするのを、歯を食いしばってまっすぐにする。

――もう、いよいよかもしれない……。

病理室に戻ると、凜子には電話のことは告げず、すぐに胃を広げて貼る作業に戻った。

＊

その日は朝から凜子の執刀する手術だった。前日の夜に救急外来に来た虫垂炎患者の手術であった。

「お願いしますぅ。メス」

スピッツメスと呼ばれる、サイズが小さく刃の先が尖《とが》ったメスを受け取ると、凜子は患者の臍にメスを入れた。一・五センチほどを切る。

「電気メス」

スイッチが入った作動音とともに、ジュウッと皮膚が焼ける。煙が顔にかかるが、凜子は全く物ともしない。

「うん、そこで腹膜前脂肪織《プレペリ》だね」

隆治が有鈎鑷子《ゆうこうせつし》、通称鈎《こう》ピンと呼ばれる先端に鈎《かぎ》のついたピンセットで黄色い脂肪をつつく。

「はい」

凜子がさらに電気メスの先端を深く入れると、ぷつんと腹膜が切れて真っ暗な空間が中から覗いた。

「開きましたぁ」

お腹の壁の解剖、つまり詳細な構造を熟知していなければ、このように小さい穴でも安全に開けることはできない。表面からまず表皮と真皮をメスで切り、皮下脂肪とその下の腹直筋鞘《ふくちょくきんしょう》の合わさった膜である白線を切る。その下には腹膜前脂肪織があり、さらにその奥に腹膜があるのだ。腹膜を切ると初めて腹腔内に到達し、「開腹した」という状態になる。いまは臍だからシンプルだが、別の場所にはまた別の構造がある。

こんなことも昔は全くできなかった、と隆治は思った。昔といってもほんの五年前のことだ。

日本国政府が許可した医師免許を持ち、さらに患者の同意があり、設備が整った施設で期待される結果が得られる見込みが高い場合にだけ、「人間を切る」という行為は合法化される。大学時代に「合法ではなく、違法性を阻却される、ということです」と講義で言ったのは退官直前の白髪の、枯れたなにかの教授だった。

法的には問題がなくとも、技術がなければ到底、安全に開腹することはできない。もし医師免許を取り立ての研修医が上級医なしで開腹をしたら、まず間違いなく変なところを切り、腹の中の腸管を傷つけて、高い確率で患者は死亡する。研修医だけじゃない。熟練した内科医、脳外科医、耳鼻科医、皮膚科医など、外科以外のほぼすべての医師であっても同じことだ。

とはいえ、隆治には他の科の医師が当然のようにできることができない。だから、傲慢になることはない。

——まあどっこいどっこいだよな。

そんなことを考えていても、隆治の手は自然に動いていく。これまで何百件も一緒に手術をしてきた凛子とだからこそ、確固たるルーティーンの操作だからこそできるのだが。

「じゃあ、内視鏡《スコープ》入れてください。麻酔科の先生、頭低位《ヘッド・ダウン》でお願いしますぅ」

凛子の高い声は、手術中の指示の言葉とはミスマッチなのだが、それにももう慣れた。

隆治が五ミリ径の細長い内視鏡《スコープ》を、臍のポートと呼ばれる細い五センチ強の筒から入れる。四角い三一インチのモニターに映し出される黄色い脂肪と、蠢《うごめ》くピンク色の腸管の向こうに、こんもりとした盛り上がりがある。ここに痛みの原因である、腫れた虫垂がある。麻酔科の医師、今日はナンバー2の五〇歳手前のよく日焼けした男性医師がベッドを操作すると、患者の体が斜めになっていく。同時に、モニターの中の小腸が重力で頭のほうへとずるずる流れていく。

「けっこうヒドイですぅ」

臍の創からもう一つ入っているポートに三〇センチの細長い鉗子を入れ、先端で脂肪を器用につまむとよけた。大網と呼ばれる黄色い脂肪の網を、布団を剝ぐようにして頭側へとめくると、焦げ茶色に変色したソーセージのような虫垂が露わになった。

「ありゃ、こりゃ今日手術やって良かった」

自分を正当化しているような発言だが、たしかにこれはもう一日待っていたら穿孔し腹膜炎になって大事になっていたかもしれない、と隆治は思う。

「ですぅ」

凜子は細長い電気メスを入れると周りを剝がしていく。

「何例目だっけ」

「もう二〇はやってるかと思いますぅ。先生、それ毎回聞いてますよ」

「そうだっけ」

それだけやっているから、モニター内で動く凜子の鉗子はとてもスムーズだ。危ないところは触らず、しかし有効に引っ張れる組織をきちんと必要な量だけつまみ、いい方向に引っ張っている。

ピーーーーー

凜子が電気メスを通電させると、腹腔内で煙と水蒸気が発生する。その水滴がほんの数ミリのカメラレンズを汚すと、それだけで手術ができなくなるのだ。

「カメラ、洗うね」

内視鏡《スコープ》を抜くと、若い器械出し看護師に渡し洗ってもらう。専用の水筒に先端を入れ、中の温水で洗浄すると同時に保温するのだ。

再び内視鏡《スコープ》を腹腔内に入れる。この一連の動作には二〇秒から三〇秒ほどを要するが、隆治にはこれが待てない。手術中にテンポが乱れてしまうのだ。しかし凜子は焦れた様子もなく、平然と待っている。

「じゃあ、ラパループください」

ラパループと呼ばれる、小さい投げ縄のような道具を先端につけた細長い棒を看護師から受け取ると、傷んだ虫垂に通し、根元で締めた。ブルーの糸が虫垂の根部を締める。

「もう一本」

同じ操作をし、二重に縛る。

「腹腔鏡《ラパロ》のはさみくださいぃ」

縛った二本の糸の間を上手に切った。

——うまい。

凜子の一連のスムーズな手技に、隆治は感心した。

——もしかしたら自分よりうまいのかもしれない、この腹腔鏡《ラパ》下虫垂切除術《アッペ》。

その後も順調に手術は進んだ。

「じゃあ洗って閉じますぅ」

看護師から注射器《シリンジ》入りの生理食塩水をもらい、創部に噴射して洗浄する。

「順調だったね」

「ええ、先生のおかげですぅ」

壁の時計に隆治が目をやると、「手術時間：57分」と表示されていた。

「だいぶ早いじゃん」

洗浄した水を吸引管で吸いながら、隆治は自分の集中が緩んでいくのを自覚する。凜子の成長をしっかりと感じ、嬉しい気持ちになる。もしかしたら自分を軽々と超えてしまうかもしれない、とも思うが、隆治はあまり気にならない。凜子との深い信頼関係によるものか、それとも自分の教育が良かったからだと言えるからかはわからないが、とにかく凜子の成長はただただ嬉しいことであった。

「今日は癒着がほとんどありませんでしたからねぇ」

「まあ、そうね」

手術室の中も手術が終わりに近づくと、にわかに騒がしくなる。器械出しと外回りの二人の看護師はガーゼカウントといってガーゼの枚数を数え、麻酔科の医師は麻酔から患者を覚めさせる支度を始めるのだ。

「ところで先生」

「ん？」

顔を上げずに凜子がぼそりと言った。

「聞いてます？　葵ちゃんのこと」

不意打ちに隆治は驚いた。手術終盤のこのタイミングで、手術と無関係の話をすることはよくある。が、よりによって葵の話とは思わなかった。

「え、うん、ああ」

肯定とも否定とも取れる返事で、凜子の出方を待った。

「入院って」

「らしいね」

「私、こないだ夏生病院行ってきたんですぅ」

「え？　お見舞いで？」

吸引する音が大きく手術室内に響く。

「はいぃ。入院してて寂しいって連絡もらって行ったんですけど……葵ちゃん、だいぶ具合悪そうですぅ」

先日、凜子と病理室で胃を貼っていたときにもらった電話でも、声がかすれていた。

「そう？」

「ええ。嗄声《させい》が出てて、どうやら反回神経を巻き込んでるっぽくて……なんか気管支の腫瘍の出血で、血管内治療《アンギオ》で止めたらしいんですが、ちらっと見せてもらったCTの印刷した紙ではもうかなり多発《マルチプル》肺転移でしたぁ……」

残念ながら、隆治が電話口から想像した病状とほぼ一致している。

「じゃあ皮膚縫いますねぇ。3－0《サンゼロ》バイクリルお願いしますぅ」

「はい、こっちも頂戴ね」

二人で皮膚を縫う。

「先生、一緒に一度行きませんかぁ？　お見舞い」

隆治は、行きたくないと思った。行って、葵を見てしまったら。一度会ってしまったら、凜子の比ではないくらいの「所見」を取ってしまうだろう。そして、さらに正確な予後を見積もってしまうに違いない。絶望的な、予後を。会ってしまったら、それを避けることはできない。

「うん、まあ。ハサミ頂戴《クーパー》！」

話を変えるようにして、看護師に声をかけた。

「はい、じゃあお疲れ様でした」

隆治は凜子より一足先に手術台から離れると、ガウンを破り脱ぎ、手袋を外した。

凜子にそれ以上話しかけられないよう、逃げるように手術室を出た。

一歩手術室を出ると、そこは別世界のように感じられる。腹を切り、腐った虫垂を取り出してまた縫い直す、その工程とはまるで無縁の、ただのワックスのよくかかった廊下なのだ。そこでは人々が行き交い、挨拶をし、無駄口を叩き合う。

安堵した気持ちで、隆治は更衣室へと向かった。

*

一カ月が経った。

一〇月も中旬を過ぎると、東京のしつこい残暑は影を潜め、そよ風が秋を連れてきた。隆治はいつもと変わらず、早朝に病院で回診をし、週に二回は朝の会議《カンファレンス》で発表をし、ほぼ毎日手術室で執刀医や助手を務めた。

葵からは、退院したこと、約一週間の入院に飽き飽きしたことを告げる短いメッセージが来ていた。凜子にも同様の内容は届いていたようで、二人で少し安堵していた。

そんな中、隆治の携帯電話が震えたのは、月曜日の夜も一二時を回ったころだった。

隆治は、病院の仮眠室で横になっていた。その日、進行直腸癌患者の手術である腹会陰式直腸切断術を七時間かけて執刀し、疲れ果てていたためと、大きな手術ゆえ術後に出血や血圧低下などなにかあったらと心配で、病院に泊まることにしていたのだった。

真っ暗な三畳ほどの仮眠室の硬いシングルベッドで、上下スクラブ姿の隆治は光る画面を見た。葵からだった。

「はい、もしもし」

一瞬にして目が覚める。ほぼ完全に停止していた脳の電気活動は、雷に打たれたように通電し始めた。日常的に当直をしていると、電話で起こされたとき、仮眠していてもすぐに頭が回転する体質になるのだ。

「……もしもし」

明らかにおかしいと隆治はすぐに気づいた。

「どうした？」

痛みだろうか。それとも。

「………………」

隆治は黙ったまま、電話口の気配をうかがった。

「……怖くてさ……」

「怖い？」

「うん……」

そう言うと、ケホケホと咳き込んだ。

「怖いの？」

「うん……ごめん、こんな時間に……」

葵はどうやら泣いているらしかった。

「そうか」

どう答えればいいかわからず、隆治はひとまずベッドの上であぐらをかき、壁によりかかった。

「ねえ、私さ」

「うん？」

「死んじゃうのかな」

仮眠室の暗闇に目を凝らすが、まだなにも見えない。

「大丈夫」

ひねり出すように、しかし平然と隆治は言った。

「大丈夫だよ」

「本当？」

「どうしたの、らしくない」

「私ね、ずっと不安だったの。いつか死んじゃうんじゃないかって。主治医の先生はたくさん怖いこと言うけど、私に限ってそんなことはない、死んじゃうはずはないってずっと信じてきた」

「うん」

「でもね、たまに思うの。本当は、先生の言う通りなんじゃないかって。ダメね、がんって、心を蝕《むしば》むのね。ごめんね、こんな時間に」

それだけ言うと、鼻をかむ音が聞こえた。

「いや」

「でもさ……やっぱりたまに辛いなって。治療だって副作用もたくさんあって、彼氏もしばらくいないし、お金がたくさんかかっちゃってお母さんかわいそうだし、咳が疲れるの。これ、いつまで続くんだろ」

返す言葉が見つからない。

「そうなるとね、もう、全部やめちゃいたいって思うこともあるのよ。いや、ホントはいつも思ってる、もうやめちゃいたいって。でもみんな頑張れって言うから、明るくて強くて葵ちゃんはいいねって言うから」

それだけ言うと、葵は嗚咽《おえつ》をもらした。

瞳孔が開き、暗闇でも少しずつ見えるようになってきた隆治は、ベッドから降りると裸足のまま立った。

「いいよ」

「……ん」

「いいよ、全部やめちゃってもいいんだよ」

「……アメちゃんさ」

「うん？」

「……私が死んじゃっても怒らない？」

「怒らない。俺は怒らないよ」

しばらく沈黙が続いた。

「あ、ごめん、でもご飯おごる約束があるからそれまで死なないね」

葵はかすれた声で笑った。

「そうだった、どんな高いところ行こうかなぁ」

「だね。ね、いま家？」

「いや」

「やっぱり病院なの？　好きだもんね、アメちゃん」

「好きってことはないよ、あ、いや好きか」

「私は嫌いよ、病院。アメちゃんには悪いけど。じゃあまたメッセージするね、あんまり長く話すとお母さん起きちゃうから。おやすみ」

「うん、おやすみ」

電話が切れた。

真っ暗な仮眠室で、しばらく隆治は立ったまま携帯電話を握りしめていた。

*

日曜日の午後二時過ぎ、秋晴れの外はもう夏の名残はなく涼風が静かに吹いていた。

隆治が夏生病院二階のエレベーターホールを通り「集中治療室」の表示に沿って急ぎ足で向かうと、「家族控室」と書かれたスペースに凛子が座っていた。向かいには、一度だけ会った葵の母が憔悴《しょうすい》しきった様子で座っている。薄いグリーンの壁に、白いテーブルと椅子が三セット置かれたその部屋は、二人の他は誰もいなかった。赤い自動販売機が、所在なげに片隅に立っている。

「あ、先生」

凛子が気づき立ち上がると、グレーのカーディガンを着た葵の母が振り返った。

右手を上げ、隆治は歩みを早める。葵の母が立ち上がり会釈をしたので、隆治は頭を軽く下げた。

「先生」

駆け寄った凛子の目は真っ赤だった。

「ちょっと」

隆治に近寄ると、小声で言った。

「いま、入れないんですぅ」

「え？」

「さっき、挿管されました」

「挿管だって？」

隆治は思わず声を荒らげた。

「ここじゃあれなので」

凛子は隆治を伴ってエレベーターホールまで戻る。

「どういうこと？」

「今日、また喀血したそうで、救急車で運ばれてきたんですぅ。それが昼過ぎで、病院に着いたらやっぱり酸素飽和度《サチュレーション》が低下したらしくて」

隆治は拳を握りしめた。

「それで？」

「で、お母さん、挿管するかどうか聞かれたんですって。そんなこと言われたら、挿管ってなるじゃないですか。そしたら挿管になってＩＣＵにそのまま入室して」

挿管。ＩＣＵ。普段から使い慣れている単語たちが、いまの隆治には外国語のように聞こえる。

「で、吸入酸素濃度《FiO2》が一〇〇パーセントで、それでも動脈血酸素分圧《PaO2》が五〇くらいらしくて……」

——五〇……！

「挿管」という用語には、「口から管を挿入する」行為だけを指す場合と、「自力の呼吸だけでは生存できない人に、口から管を挿入し、鎮静剤で眠らせて人工呼吸器で強制的に呼吸をさせる」ことを指す場合の二種類がある。吸入酸素濃度は、口から肺にどれだけの酸素を入れるかの指標で、ふだん吸っている大気の中には二一パーセントの酸素が含まれる。これを一〇〇パーセントにするということは、それだけ肺の機能が落ち、酸素を体内に取り込む能力がないということだ。

葵のいまの状態は、絶望的というほかなかった。一〇〇パーセントの酸素を吸って、動脈の酸素分圧が五〇しかない。せめて七〇くらいは欲しい。

「いつまでも一〇〇パーセントの酸素を続けるわけにもいかない」

「えぇ……」

そんなことは隆治も凛子も百も承知だった。一〇〇パーセントの酸素を長期間与え続ければ、肺が線維化を起こし駄目になってしまう。しかし酸素が行き渡らなければ、脳を始めとする重要臓器が致死的なダメージを負うのだ。

凜子は、すがるような目で隆治を見た。

「なにか……なにか……」

隆治はそれを無視して言った。

「とにかく、一度だけでも会いたい」

そして再び家族控室へと戻る。

そこには、両手を組んでテーブルの上に置いた母が座っていた。

「葵ちゃんのお母さん、雨野です」

向かいに座る。

「あ、先日はどうもありがとうございました」

母は腰掛けたまま、隆治の目をちらと見て言った。

「あのあと、娘はとても喜んでおりまして……」

決まり文句も棒読みだ。

「急なことで」

母は呆然とした様子で、部屋の隅の一点を見つめる。

「お母さん、一度面会させていただけませんでしょうか」

いつの間にか母の後ろに立っていた凜子が言った。

「え、ええ」

ゆっくりとうなずく。聞こえてはいるものの、言葉の意味はわかっていないようだ。

隆治がＩＣＵの大きなくもりガラスの自動ドアの前にある、インターホンを押した。

数秒置いて、「はい」と無愛想な女性の声がした。

「すみません、先程入室した向日葵の家族ですが、もう一度面会させていただけませんでしょうか」

「先生」

凜子が驚くが、隆治は気にしない。

「……少々お待ちください」

それだけ言うと、自動ドアが開いた。

「行くぞ」

凜子に構わず、隆治はずんずんと入っていく。

——広い……。

このＩＣＵだけで、一六床くらいはあるだろうか。病院の規模は隆治たちの牛ノ町病院より少し大きいくらいだが、ＩＣＵの規模は倍ほどもありそうだ。

大きく間を空けて並んだベッドの足元側の通路を歩きながら葵を探すが、白髪の目立つ高齢者ばかりであった。

左側にはナースステーションがあり、若そうな看護師が一人パソコンの前でなにやら入力をしていた。

「すみません、向日の家族ですが」

「あ、はい、こちらです」

立ち上がると、隆治たちの顔も見ずに奥に歩き出す。茶色い髪をお団子にまとめた看護師の、白いズボンに水色の半袖スクラブという姿もまた隆治にとっては新鮮だった。

追うように歩くと、その看護師は一番奥の個室のドアを開けた。

「どうも」

目が合うと、おそらく濃いメイクかなにかなのだろう、その看護師は普通の人の倍くらいのまつげをしていた。

隆治と凜子がアルコールで手指消毒をし、部屋に入ると、看護師は離れた。

「葵ちゃん！」

凜子がベッドに駆け寄る。

葵は、白いベッドの上で、少し体を右に傾けた状態で布団をかけられていた。口から入れられた挿管チューブは白いテープで×の字に両頬に固定されている。そのテープに一筋、茶色に変色しているところがある。

まぶたは閉じられ、顔は少し浮腫んでいるが苦しそうな様子はない。

「葵ちゃん……」

涙声で凛子は低いベッド柵を摑んでいる。

その少し後ろに立ち、隆治は凛子と葵を見ていた。

——抜管、できないよな……あとはどこまでやるか……。

ベッドサイドには三本の点滴棒が立ち、それぞれ箱ティッシュほどの大きさのシリンジポンプと呼ばれる、注射器から一定の速度で薬を注入する器械が四つつけられていた。点滴の一本には真っ赤なバッグ、つまり輸血製剤がぶら下がっている。

——昇圧剤と鎮痛、鎮静、か……。

注射器に貼られたシールに書かれた、「DOA」「NAd」「Fentanyl」などの用語で、隆治は即座にどんな治療が行われているかを理解する。出血し血圧が下がり、輸血をして補充しつつも血圧は昇圧剤で保っている。そして鎮静剤と鎮痛剤は、挿管による人工呼吸器管理に必須だ。

きちんと治療がされているということに、隆治は不思議と心が静まった。

葵はもはや苦しくなさそうである。ぐずぐずと泣く凜子とは対照的に、隆治には涙が出る気配はなかった。凜子がいるぶん、冷静になってしまっているのだろうか。

——いや、そうじゃない。

もしかしたら、自分が主治医だったら、挿管もしなかったかもしれない。喀血し、血圧が下がるに任せるかもしれない。そのまま救急外来で看取ることも選択肢にはあるだろう。末期癌患者の急変対応では、そのほうが自然であり、そちらを選ぶ医者のほうが多いかもしれない。

葵は、若いからと主治医が判断し挿管になったのだろうか。それとも、あの母が強く希望をしたのだろうか。

どちらにせよ、こうして生きているうちに会う時間ができたのだから良かった、とまで隆治は考えてから、はっとした。

——生きているうちに、って。

葵はまだ死んでいない。限りなく生と死の淵に立っているにせよ、いまは生きているのだ。

——俺は、なんてことを……。

シュー、シュー、という人工呼吸器の音。

葵の胸は、機械的に五秒に一回、上がっては下がっている。心臓の拍動を表す、定期的なモニターの電子音。モニターに表示された、心臓の電気運動を示す波の形。

「葵ちゃん」

隆治は凜子の横に立つと、葵の顔を覗き込んだ。凜子が一歩下がり、隆治は葵の顔を間近に見た。

「もう、苦しくないか」

隆治は左手を伸ばす。人差し指の腹で、頰に触れた。

——温かい。

「あっ先生ズルい」

後ろから見ていた凜子が隆治を押しのけて、葵の顔を両手で挟む。

「葵ちゃん、葵ちゃん」

扉が開き、先程の看護師が入ってきた。

「すみません、チューブがずれるといけないので顔はちょっと」

穏やかな口調でたしなめる。

「あっごめんなさい」

大丈夫、俺たち医者だから、挿管チューブがずれないように触ってるんだから、と口まで出そうになった。

——だから、もっと触らせてくれ。

凜子は、葵から離れる。

「出ましょう」

凜子がそう言うので、隆治は部屋を出た。出際にちらっと葵の顔を見た。葵は眠っていた。

＊

「先生、間に合いませんよぉ。はやくはやく」

「わかってるって」

隆治と凜子が急いで病院前のタクシーに乗り込んだのは、夕方の五時を回ったところだった。沈もうとする夕陽のオレンジ色の光が、後部座席の隆治の顔を照らした。思わず手で遮る。

「今日の手術、思ったよりかかっちゃいましたねぇ」

間《ま》をもたせるように凜子が言う。慣れないスーツのお腹のあたりが、少しきつく感じるのは気のせいだろうか。

「そうだね」

凜子は今日の手術の話を続ける。

「……でぇ、思ったより癒着が強かったんですぅ。あそこ、胆嚢と大腸の間ってあんまりないじゃないですかぁ。私、佐藤先生に言われなかったら胆嚢焼いちゃってたかもしれないですぅ」

うん、たしかにね、と適当に相槌を打ちながら、窓の外を流れる下町の景色を見ていた。夕暮れの東京の歩道には、疲れ切った人と、これから飲みにでも出かけるのだろうか、いかにも浮き立った人とが歩いていた。両者とも、隆治にはどこか別世界の人々のように思えた。沈んだ夕陽の名残に照らされる、ニュース番組の中の一コマのようだ。

凜子は相変わらず話し続けている。

もちろん凜子は、隆治がほとんど話を聞いていないことを承知している。それでも、今日初めて執刀させてもらった腹腔鏡下右半結腸切除術のことを話さずにいられないのだ。初めて執刀した興奮もあるかもしれない。運転席の、どう見ても二〇代のタクシードライバーは、その角刈りのような後頭部を少しも動かさなかった。

隆治が料金を支払いタクシーを降りると、入り口には誰もいなかった。大きな看板に書かれた、「向日家」という黒い文字が目立つ。

上野斎場はずいぶん近代的な建物で、まるで現代美術の美術館のようだった。大きなガラス張りの扉を開けると、遠くから読経の声が聞こえてくる。焼香の香りもほのかにしている。

受付では、斎場のスタッフらしき黒いカーディガンとスカートの痩せた女性が「ご記帳はこちらにどうぞ」と小声で伝える。筆ペンで下手な名前を書くと、「こちらへ」と促される。

通夜が始まってすでに一時間ほど経っていた。両側に四〇ずつほどのパイプ椅子が並び、黒ずくめの人々が微動だにせず座っている。その間には、五、六人ほどが二列で並んでいた。

その向こうに、葵の写真が見えた。麦わら帽子に右手をかけ、こちらに向かって笑う。スナップ写真を遺影にしたようだった。周りには、色とりどりのたくさんの花が飾られている。

葵の写真が眩しい。よく見ると、ただの写真ではなく、後ろに電球かなにかが入っていて、プラスチックのような板に遺影がプリントされているのだ。

隆治は、焼香の列に並んだ。隣には、喪服というにはおしゃれすぎる、胸元に黒い光沢のあるリボンがついた服の凜子が立つ。


茶色い髪を後ろで束ねたその横顔は硬い。

一人ずつ、焼香をしていく。そのたびに、白い煙が音もなく立ち上っていく。

隆治は、葵の遺影を見た。いつごろの写真だろうか。顔からするに、富士山に登ったときよりも若そうだ。こんな麦わら帽子を持っていたとは、知らなかった。

考えてみると、隆治は葵のことを全然知らない。どうやら父親はいない家族のことも、前の彼氏のことも、隆治が出会うまでどう生きてきたのかも。なにが好きで、どんなことに熱中していたのかも。

隆治の前の中年男性が焼香を終え、横にそれた。一歩前に出て、白いクロスの長机の上に並ぶ焼香台に目をやった。黒い重箱のような香炉は二つに分かれ、右には細かい葉のようなものが、左には焼かれた香とそれを包む灰が入れられていた。

隆治は、ひとつまみ右から取ると額の前まで持っていき、目をつぶった。そして左の中央にパラパラと落とした。

白い煙とともに、独特の香りが立ちのぼる。どこかで嗅いだことがある、と隆治は思った。

――親父の葬式……。

考えてみれば、三年前の父の葬式で焼香をして以来だった。

「うっ……うっ……」

気づけば隣で凜子が白いハンカチで目をおさえている。

――そうか、泣くのか……。

隆治は、不思議な気持ちだった。

葵は、死んだ。

夏生病院のＩＣＵに凜子と見舞いに行ったその日の夜、葵は肺の転移巣から大量に出血した。意識のないまま、その後一時間で心停止になったのだ。どこから聞いたのか、凜子がそう教えてくれた。いくら挿管し人工呼吸器で呼吸をしていても、血液で気管がいっぱいになってしまっては呼吸はできない。

あの日、少しでも顔を見に行けて良かった、と隆治は思った。

二回、焼香をしてから両手を合わせた。遺影の葵はずっと笑っていた。

*

すでに暗くなった上野の街を、歩いて上野駅へと向かう。

並んで歩いていた凜子は、いつの間にか隆治の左後ろを歩いている。

斎場を出てから、一言も発さず二人は歩き続けた。

隆治の視界に入ってくる人々。

斜めがけバッグのサラリーマン風の中年男性三人組。うつむき歩くセーラー服の女子高校生。コツコツとヒールを鳴らす、タイトなパンツスーツの若い女性。飲み屋の前にはバンダナを巻き、手にメニューを持った男の店員。

車のエンジン音。遠くのクラクション。誰かの笑い声。カラオケ店のポップミュージック。

妙に目と耳が冴えている、と隆治は思った。鮮明に見え、よく聞こえる。しかし、風景はどこかよそよそしい。

　隆治は、目をつぶって歩きたいと思った。

　葵を失っていない世界の人たちから逃れて、いまは凜子とだけいたかった。

「なあ、一杯飲まないか」

　立ち止まって振り返ると隆治は言った。

「え？」

「店入って、一杯飲もう」

　怪訝《けげん》な顔をする凜子を無視して、目の前の「白濱《しらはま》水産」と看板の掲げられた店に入った。

「はいらっしゃい！」

　黒い前掛け姿の、いま市場から帰ってきたかのような男性が威勢のいい声を上げる。凜子はためらいながらも後から付いてくる。時間が早いからか、広い店内はまだそれほど混んでいない。

　市場で使う木箱の上に薄い座布団を載せただけの椅子に腰掛けると、向かいに座った凜子の顔は、「どうして入ったんですか」と言っていた。

「知ってる？　献杯《けんぱい》って」

「いえ」

店員がやってきた。メニューも見ずに、

「生ビール、三つ」

隆治が勝手に頼む。

「あいよ！　お食事はあとで？」

「ええ」

店員が、二人なのに三つですか、など聞かないのに救われた気がした。

『先生、わたし……』

「いいから。お通夜のときは、お酒を飲むんだ」

納得はいっていないようだ。見ると凜子の目は真っ赤だ。歩きながらも泣いていたのだろうか。

すぐに店員がビールジョッキを三つ持ってやってきた。

「お待たせっ」

どすんと小さいテーブルに置く。

隆治はジョッキを持つと、凜子にも持つよう促した。もう一つは、二人の間に置いた。

「献杯って言うんだ、こういうの」

「はい」

凜子はつられてジョッキを持った。

「じゃあ、献杯。ぶつけないで」

ジョッキを少し上げた隆治に凜子もならった。

「献杯ですぅ」

二人でジョッキを持ち上げ、置かれた真ん中のジョッキを見る。

隆治はジョッキに口をつけ、ビールを勢いよく流し込んだ。一部が凍っているほど冷えたガラスは唇を麻痺させ、口内に苦味が押し寄せる。味を感じず、そのまま喉を鳴らして飲み込む。

「うまい」

思わず口にした。凜子は反応しない。隆治はもう一口飲むと、ふう、と息を吐いてから言った。

「良かったんだ」

「え?」

「良かったんだよ。葵ちゃん」

「良かった?」

「ずっと辛かったし、怖かったんだ。だから、良かったんだ。俺はそう思ってる」

「先生……」

凜子は目頭を指でおさえた。

「だけど……だけど、さみしいな」

最後まで言葉にならなかった。視界が歪み、涙が頬を伝う。とっさに隆治は左手で目を隠した。

──良かったんだ。落ち着け、良かったんだ。

涙をぬぐうと、ビールに口をつけた。

目の前の凜子は、拭こうともせず涙をぽろぽろと流している。

「先生、良かったんですぅ。私もそう思いますぅ。でも、会いたいですぅ」

そう言うと、涙をこぼした。

「じゃあ泣くなって」

「先生だって」

泣き笑いだった。

「もう一度、しません?」

凜子はジョッキを持ち上げ「献杯ぃ」と言った。

「いやそういうものじゃ……まあ、いいか、献杯」

隆治も持ち上げてから、口をつけた。

「先生」

　ごくごくと三口ビールを飲んだ凜子が言った。

「外科医って、辛いんですねぇ」

　そうだ。外科医は辛い。そう口にする代わりに、隆治は思い出した。

「孤独のなかで、わたくしは生きています」と言い、「この痛みさえ愛おしい」と微笑んで死んだ上田。どしゃぶりの上野公園で「さよならー！」と叫び去っていったはるか。壊れた家庭で、「先生治してよ。先生」と泣きながら死んでいった下澤。糸が緩んで再手術になった星野、「患者を殺す気かよ」と言った岩井。鹿児島で突然唄った、母のあの声……。

　この一年のことが一気に押し寄せてくる。

「辛い。外科医は辛い。でも、続けるんだ」

　二人はその日、何度も何度も献杯をした。

エピローグ

葵が死んでしまってからも、隆治の生活はなにも変わらなかった。

いつものように七時前には病院へ行き、入院患者の回診をし、日中は手術室でメスを振るい、夕刻にはまた入院患者の夕回診をする。会議では厳しい意見を言われ、たまに凛子や佐藤と飲みに行く。

この世界は、葵が死んでもなに一つ変わっていないように思えた。事実、ほとんどなにも変わっていなかったのかもしれない。

それでも、葵は生きた。この世に生きた証は、隆治や凛子の記憶として刻まれている。

隆治は思った。いまは富士山頂の葵も、ボウリング場の葵もありありと思い出せる。しかし、五年、一〇年と経てば、記憶はだんだんと薄れていくだろう。それでも良いのだ。記憶が薄れた分、葵は自分の一部として同化していくのだ。葵は自分の一部として、存在し続ける。自分だけじゃない、親や友人たち、凜子など多くの人の一部としてずっと存在し続ける。その証が消滅することは、未来永劫ありえないのだ。

そう、兄や父が自らの血肉になっているように、葵もまた自分の一部として。

雨野隆治、三〇歳。医者六年目。

人の死になんて、慣れない。

この作品は書き下ろしです。

幻冬舎文庫

●最新刊
祝祭と予感
恩田　陸

大ベストセラー『蜜蜂と遠雷』のスピンオフ短編小説集。幼い塵と巨匠ホフマンの永遠のような出会い「伝説と予感」ほか全6編。最終ページから読む特別オマケ音楽エッセイ集「響きと灯り」付き。

●最新刊
残酷依存症
櫛木理宇

三人の大学生が何者かに監禁される。犯人は彼らの友情を試すかのような指令を次々と下す。要求はエスカレートし、葬ったはずの罪が暴かれていく。殺るか殺られるかのデスゲームが今始まる。

●最新刊
短篇集こばなしけんたろう 改訂版
小林賢太郎

「僕と僕との往復書簡」「短いこばなし」「二人の銀座 コレクション」「百文字こばなし」「ぬけぬけと嘘かるた」「覚えてはいけない国語」ほか、小林賢太郎の創作・全26篇。(文庫改訂版)

●最新刊
メガバンク起死回生
専務・二瓶正平
波多野　聖

役員初の育休を取得していた二瓶正平。ある日、専務への昇格と融資責任者への大抜擢を告げられる。嫌な予感は当たり、破綻寸前の帝都グループの整理をするハメに……。人気シリーズ第五弾。

●最新刊
雨に消えた向日葵
吉川英梨

埼玉県で小五女子が失踪した。錯綜する目撃証言、意外な場所で出た私物――。情報は集まるも少女を発見できず、捜査本部は縮小されてしまう。だが捜査員の奈良には諦められない理由があった。

幻冬舎文庫

●好評既刊
そして旅にいる
加藤千恵

心の隙間に、旅はそっと寄り添ってくれる。北海道、大阪、伊豆、千葉、香港、ハワイ、ニュージーランド、ミャンマー。国内外を舞台に、恋愛小説の名手が描く優しく繊細な旅小説8篇。

●好評既刊
愛と追憶の泥濘《ぬかるみ》
坂井希久子

婚活真っ最中の柿谷莉歩にできた彼氏、宮田博之は大手企業のイケメン敏腕営業マン。そのどこまでも優しい人柄に莉歩はベタ惚れ。だが博之には、「勃起障害」という深刻な悩みがあった……。

●好評既刊
ろくでなしとひとでなし
新堂冬樹

コロナ禍、会社の業績が傾いて左遷されそうな佐伯華は、売り上げが落ちた食堂を営む父に金を無心されていた。マッチングアプリで財閥の御曹司に狙いを定めて、上級国民入りを目指すが……。

●好評既刊
私以外みんな不潔
能町みね子

北海道から茨城に引っ越した「私」。新しい幼稚園は、うるさくて、トイレに汚い水があって、男の子が肩を押してきて、どこにいても身の危険を感じる場所だった――。か弱くも気高い、五歳の私小説。

●好評既刊
特別な人生を、私にだけ下さい。
はあちゅう

ユカ、33歳、専業主婦。一人で過ごす夜に耐え切れず、ツイッターに裏アカウントを作る。表で「普通の人」でいるために、裏で息抜きを必要とする人々。欲望と寂しさの果てに光を掴む物語。

やめるな外科医《げかい》

泣《な》くな研修医《けんしゅうい》4

中山祐次郎《なかやまゆうじろう》

令和4年4月10日　初版発行
令和6年10月25日　3版発行

発行人――石原正康
編集人――高部真人
発行所――株式会社幻冬舎
〒151-0051東京都渋谷区千駄ヶ谷4-9-7
電話　03(5411)6222(営業)
　　　03(5411)6211(編集)
公式HP　https://www.gentosha.co.jp/

印刷・製本―株式会社　光邦
装丁者――高橋雅之

幻冬舎文庫

ISBN978-4-344-43180-5　C0193　な-46-4

この本に関するご意見・ご感想は、下記アンケートフォームからお寄せください。
https://www.gentosha.co.jp/e/